नेहरू बाल पुस्तकालय

डेस्क पर लिखे नाम

उपासना

चित्र
मित्रारूण हालदार

nbt.india
एकः सूते सकलम्
राष्ट्रीय पुस्तक न्यास, भारत
NATIONAL BOOK TRUST, INDIA

12 से 14 वर्ष के बच्चों के लिए

राष्ट्रीय पुस्तक न्यास, भारत की स्थापना पुस्तकों के प्रोन्नयन और पठन अभिरुचि के विकास के उद्देश्य से सन् 1957 में भारत सरकार (उच्चतर शिक्षा विभाग, शिक्षा मंत्रालय) द्वारा की गई थी। न्यास द्वारा हिंदी, अंग्रेजी सहित 50 से अधिक भाषाओं व बोलियों में पुस्तकों का प्रकाशन किया जाता है। बच्चों की पुस्तकों का प्रकाशन सदैव से संस्था की प्राथमिकता रही है।

ISBN 978-81-237-9103-6

पहला संस्करण : 2020

छठी आवृत्ति : 2023 (*शक* 1945)

Desk Par Likhe Naam (*Hindi Original*)

...य पुस्तक न्यास, भारत

नेहरू भवन, 5 इंस्टीट्यूशनल एरिया, फेज-2

वसंत कुंज, नई दिल्ली-110070 द्वारा प्रकाशित

www.nbtindia.gov.in

डेस्क पर लिखे नाम

विषय सूची

बुनियादी विद्यालय चि.रे.का., (फतेहपुर) के सहपाठियों

अवनीश, जो इस कहानी का टुटु है

और

सिद्धि, सौम्या, वत्सला, लावण्या, शाम्भवी, अनिका

को

1

स्कूल और दोस्त

नदी कभी नहीं सोती। खामोशी से कल-कल, कल-कल बहती रहती है। सफेद बालू पर कछुआ चुपचाप पड़ा था। पीछे खड़ी चट्टानी पहाड़ियाँ नींद की झपकी ले रही थीं। गेंदे की झाड़ियों में सरसराहट हुई। खिलने को उत्सुक कलियों ने सिर उठाकर स्लेटी आसमान को निहारा...

"ओह! कब होगी सुबह?"

तभी ठंडी हवा के साथ उड़ती नन्ही गौरैया आई। उसने अपनी चोंच से पहाड़ियों के पीछे छिपे सूरज को खींचकर आसमान में टाँग दिया। फिर वह उड़कर पलाश की ऊँची फुनगी पर जा बैठी। "सुबह हो गई...सुबह हो गई..।" उसने चहचहाकर सबको बताया। धीरे-धीरे आसमान के स्याह स्लेटी रंग में गाढ़ा सिंदूरी रंग घुलने लगा। पहाड़ी ने आँखें मिचमिचाते हुए सूरज को देखा। नहाया-धोया सूरज मुस्करा रहा था। कछुए ने एक आँख खोलकर सूरज को निहारा और अलसाते हुए वापस अपने खोल में दुबक गया।

पुल पर आवाजाही शुरू हो गई थी।

सपनों में खोया कारखाना अभी तक ऊँघ रहा था। अचानक पावर हाउस के हूटर ने जोर की सीटी बजाई...

"व्हूँ........ऊँ....ऊँ।

कारखाना हड़बड़ाकर उठ बैठा। नाइट शिफ्ट में काम करने वाले कर्मचारी एक-एक कर घर की ओर निकल पड़े।

उनींदी आँखों से पुट्टी ने आसमान की ओर देखा। कमरे में सुबह की हल्की रोशनी है। टुटु गहरी नींद में था। फर्श पर कोने में भूरी बिल्ली बैठी थी। वह अपनी चमकीली आँखों से एकटक पुट्टी को देखे जा रही थी। पुट्टी उनींदी-सी उसे कुछ क्षण देखती रही। फिर आँखें मलती बिस्तर से उतरी। उसे उतरते देख बिल्ली पहले ठिठकी। फिर पूँछ उठाए भाग खड़ी हुई। पुट्टी ने फर्श पर अपने पाँव रखे। फर्श ठंडा था। तभी ठंडी हवा के झोंके उसके चेहरे को सहलाने लगे। गर्मियों की सुबह ठंडी ही होती है।

बागान में कनेर का पेड़ पीले फूलों से लदा था। सहसा टन-टन-टन की आवाज से वह चौंकी। उसकी नजर सड़क पर गई। ग्वाले ने दूध के बड़े-बड़े केन साइकिल के हैंडिल से लटका रखे थे। साइकिल हिलती-डुलती चल रही थी जिसके कारण दूध के केन बार-बार उसके हैंडिल से टकराकर आवाज कर रहे थे...टन-टन-टन। तभी उसने बासंती को देखा, जो धीमे-धीमे गुनगुनाती हुई क्वार्टर की सीढ़ियाँ उतर रही थी। वह पुट्टी के यहाँ घर की साफ-सफाई में मदद करती है। पुट्टी का ध्यान अभी खिड़की से बाहर सुबह की हलचल निहारने में लगा था। बासंती हाथ में झाड़ू लिए पुट्टी के कमरे में आ गई...

"अरे पुट्टी बिटिया...बड़ी जल्दी उठ गई।" बासंती खिड़की के पास चली आई थी।

"मैं तो रोज ही जल्दी उठती हूँ। ये तो टुटु जल्दी नहीं उठता न।" आँखें मटकाते हुए पुट्टी ने बिस्तर पर सोए टुटु की ओर इशारा किया, जो अभी तक नींद की आगोश में था।

"सही कहती हो पुट्टी", बासंती ने मुस्कराते हुए पुट्टी के गाल सहला दिए। पुट्टी चुपचाप उसे देखती रही। बासंती झाड़ू लेकर कमरे की सफाई में लग गई थी।

थोड़ी देर बाद पापा अपनी नाइट ड्यूटी से लौट आए। ड्राइंग रूम में वे मम्मी से बातें कर रहे थे। फिर किचन में सब्जी छौंककर मम्मी ने टुटु को भी जगाया।

नहा-धोकर टुटु-पुट्टी स्कूल के लिए तैयार होने लगे। टुटु के.जी. 2 में पढ़ता है। वह छह साल का है। उसका स्कूल दूर है, इसलिए वह पुट्टी से पहले निकलता है। वह रिक्शे से स्कूल जाता है। पिछले सत्र तक पुट्टी उसके साथ ही स्कूल जाती थी। इस वर्ष पुट्टी का एडमिशन पहली कक्षा में हुआ है। उसकी उम्र आठ साल है। उसका नया स्कूल घर के पास ही है। पुट्टी जब चार साल की हुई तो पापा उसके एडमिशन की तैयारी करने लगे थे। जब नाना जी को यह बात पता चली तो उन्होंने पापा को फोन करके कहा कि फूलों को खिलने का पर्याप्त मौका मिलना चाहिए। बच्चे फूल जैसे होते हैं। खिलने से पहले उन्हें स्कूल के अनुशासन में बाँधना ठीक नहीं। तब से बच्चों को घर पर ही सीखने-सिखाने की जिम्मेदारी मम्मी ने ले ली। इस तरह दोनों बच्चों का नामांकन स्कूल में देर से हुआ।

पुट्टी को अपना नया स्कूल यूनिफॉर्म बहुत पसंद आया। यह दरअसल एक शानदार फ्रॉक है। नेवी ब्लू रंग की फ्रॉक में सामने चार जेबें हैं। दो ऊपर, दो नीचे फ्रॉक की घेर पर हैं। पुट्टी ने सोचा—"इन जेबों में तो कितना कुछ छिपाया जा सकता है...इमली के बीज, गोल काले-सफेद चिकने पत्थर, बेर, कंचे और मम्मी के टूटे हुए आर्टिफिशियल ज्वेलरी की लड़ियाँ।"

बाहर टुटु का रिक्शा हॉर्न बजाने लगा था...पों...पों...पों...

टुटु अपना बैग और वाटर बॉटल सँभालता गेट की तरफ दौड़ गया। टुटु के जाने के बाद पुट्टी ने अपना टिफिन बैग में रखा। छुट्टियों में

पापा बच्चों के लिए नए बैग और बॉटल खरीद लाए थे। भालू जैसा दिखने वाला नीला वाटर बॉटल बहुत सुंदर है। कंधे पर बैग और गले में वाटर बॉटल लटकाकर पुट्टी तैयार हो गई। पापा ने स्कूल बैज उसकी बायीं कॉलर के ठीक नीचे लगा दिया। नए स्कूल का नया बैज। गोल बैज के ठीक बीच में चित्तरंजन दास की फोटो थी। पापा ने पुट्टी को बताया था कि चित्तरंजन दास बहुत बड़े कवि और नेता थे। उन्हें उनके सामाजिक कार्यों के कारण 'देशबंधु' भी कहते हैं। पुट्टी पापा का हाथ थामे निकल पड़ी। सुबह-सुबह की सड़कें ड्यूटी जाने वाले कर्मचारियों और स्कूली बच्चों से भरी थीं। पापा, पुट्टी को स्कूल का रास्ता अच्छे से समझा रहे थे। आखिरकार कुछ दिन बाद पुट्टी को अकेले ही स्कूल आना होगा। उन्होंने पुट्टी से कुछ लैंडमार्क भी याद कर लेने को कहा। जैसे चौराहे पर पाकड़ का पेड़ है। पेड़ के नीचे मानिक मंडल की छोटी-सी गुमटी। चौराहे से बायीं ओर कुछ दूर चलने के बाद फिर एक चौराहा है। यहाँ से फत्तेहपुर कॉलोनी का बाजार शुरू होता है। बाजार में दाहिनी तरफ दस कदम के बाद ही पुट्टी का स्कूल है। स्कूल कैंपस चारों तरफ से पीली दीवार से घिरा है। कैंपस में प्रवेश करते ही गेट के पास बरगद का विशाल पेड़ है। उसकी मोटी जटाएँ काफी नीचे तक लटकी हुई थीं। कुछ बच्चे जटाओं को पकड़े झूल रहे थे। घनी शाखाओं से चहकती चिड़ियों का कलरव, मानो वहाँ खेलते-कूदते मगन बच्चों की हँसी के साथ जुगलबंदी कर रहा हो। तभी पुट्टी की नजर बरगद की जड़ों में फँसे सुआपंखी रंग के पंख पर पड़ी। उसने वह पंख उठा लिया—"यह तो तोते का पंख है!" पुट्टी ने सोचा और धीरे से निचली जेब में रख लिया।

कैंपस में दो इमारतें बिलकुल पास-पास हैं। एक 'कस्तूरबा गांधी विद्यालय' और दूसरी इमारत 'अरविंदो इंस्टीट्यूट' जिसे सब 'कम्युनिटी हॉल' भी कहते हैं। इसके साथ लगा एक विशाल मैदान है। मैदान के

बीचों-बीच पुट्टी का स्कूल है... देशबंधु बुनियादी विद्यालय, (फतेहपुर) चि.रे.कॉ.।

स्कूल देखकर, पहली नजर में ही पुट्टी खुश हो गई। यहाँ बहुत बड़ा मैदान है। बरगद का विशाल पेड़ है। स्कूल के पीछे कारखाने का कैंपस है, जहाँ चिलबिल के बेशुमार पेड़ हैं। स्कूल में प्रवेश करने पर छोटे-से हॉल की दायीं तरफ एक लंबा गलियारा है। गलियारे का अंत प्याऊ पर होता है। प्याऊ के ऊपर बड़ी-सी खिड़की है। खिड़की में लोहे की जाली लगी है। जाली के पार घना जंगल है। गलियारे के दोनों ओर कमरे बने हैं। पहला कमरा स्कूल का ऑफिस है। उसके बाद कक्षाएँ शुरू होती हैं। पापा उसे पहली कक्षा में बिठाकर चले गए। कक्षा में पुट्टी को सारे नए बच्चे ही दिख रहे हैं। कुछ बच्चे बहुत खुश थे। वे अपनी नई बॉटल और पेंसिल बॉक्स निकालकर खेल रहे थे। कुछ ने टिफिन बॉक्स निकालकर खाना भी शुरू कर दिया था। परंतु कुछ बच्चे जोर-जोर से रोए जाते थे। शायद वे पहली बार स्कूल आए हैं। वे समझ नहीं पा रहे थे कि उनके मम्मी-पापा उन्हें अकेला छोड़कर क्यों चले गए। उनकी चीखें उस छोटे-से स्कूल के गलियारे में गूँज रही थीं। टीचर उन्हें टॉफी-चॉकलेट देकर बहलाने की कोशिश कर रही थीं। फिर भी वे रोए जाते थे। कुछ शांत बैठे बच्चों ने भी रोते बच्चों को देखकर रोना शुरू कर दिया। पुट्टी रो तो नहीं रही, पर हैरान-परेशान जरूर थी। उसने बेचैनी से पूरी क्लास को देखा। उसे कुछ भी समझ में नहीं आया तो अपनी सुंदर बॉटल निकालकर पानी पीने लगी। टीचर बच्चों को फुसलाने के लिए जानवरों के चित्रों, खिलौनों व अन्य गतिविधियों में व्यस्त करने की कोशिश कर रही थीं। धीरे-धीरे शोर थमने लगा। बच्चे कक्षा में रमने लगे थे। कभी-कभी कोई धीमी सुबकी सुनाई पड़ जाती थी। तभी उस गोलू-मोलू प्यारे-से बच्चे पर पुट्टी की नजर पड़ी। पुट्टी ने उसे उसके भाई के साथ आते देखा था। वह बच्चे

को मैडम का हाथ पकड़ाकर चला गया। खिड़की के पास बैठा वह बच्चा बार-बार दरवाजे की ओर देख रहा था। वह जोरों से रो तो नहीं रहा, मगर उसकी आँखें गीली थीं। बड़ी-बड़ी डबडबाई आँखें देखकर लगता था मानो आँसू अभी उसके गालों पर लुढ़क पड़ेंगे। शायद उसे विश्वास नहीं हो रहा था कि उसका भाई जो उसे इतना प्यार करता है, उसका ख़याल रखता है, उसे अकेला छोड़कर चला गया था।

पुट्टी का ध्यान टीचर की बातों पर कम, उस बच्चे पर अधिक है। टिफिन की घंटी होने तक वह बार-बार उसे देखती रही। रिसेस में अपना टिफिन लेकर वह उसके पास चली गई। वह डेस्क पर गाल टिकाए बैठा था। उसके काले घुँघराले बाल हवा से धीमे-धीमे हिल रहे थे। उसने पुट्टी को देखा। पुट्टी मुस्कराई। पुट्टी ने अपना टिफिन बॉक्स और बॉटल डेस्क के बीचों-बीच रख दिए। उसने भालू के आकार का खूबसूरत नीला बॉटल देखा, पर मुस्कराया नहीं। बाहर धूप थी। खिड़की से सूरज की एक किरण डेस्क पर भी फैली थी। पुट्टी ने जेब से निकालकर वह पंख डेस्क पर रख दिया। धूप में पंख झिलमिला उठा। बच्चे ने अपनी उँगलियों से पंख को छूते हुए पूछा–

"ये पंख तुमको कहाँ से मिला।"

"आज स्कूल आते समय...रास्ते में।"

"तोते ने दिया...!"

"नहीं...पेड़ के नीचे गिरा मिला।"

बच्चा चुप रहा, पुट्टी बोल उठी–

"तोता पंख क्यों देता है? जानते हो?"

बच्चे ने 'नहीं' में सिर हिलाया।

"उसे नई ड्रेस मिल जाती है, तो पुरानी हम बच्चों को दे देता है।" पुट्टी ने पंख को धूप में उलटते-पलटते हुए कहा।

"ये किसने बताया तुम्हें?"

पापा ने।

"ओ..." बच्चा हौले से मुस्करा उठा।

अब उसने अपनी बायीं जेब में हाथ डाला। फिर मुट्ठी डेस्क के बीचों-बीच रखकर उसे खोल दी। उसकी हथेली पर रंग-बिरंगे पत्थर चमक रहे थे...हरे, लाल, नीले, पीले, सफेद चिकने पत्थर। पुट्टी आश्चर्य-भाव से भर उठी। बच्चे ने उन रंग-बिरंगे पत्थरों से पंख के चारों ओर गोल घेरा बना दिया।

"यह इसका घर है..." कहकर वह मुस्कराया। पुट्टी भी मुस्करा उठी।

दोनों डेस्क पर अपनी-अपनी ठोड़ी टिकाए पत्थरों के गोल घेरे और उसके अंदर पड़े पंख को देर तक निहारते रहे। बच्चा अब खुश था। उसका सुबकना अब पुरानी बात हो गई थी।

दोनों के बीच बातें होने लगीं। बच्चे का नाम सौरभ मरांडी है। वह नदी पार के 'फुटबेड़िया' गाँव से आया है। सौरभ ने पुट्टी को बताया कि उसका भाई उसे शहर घुमाने को कहकर लाया था, पर स्कूल में छोड़ गया। शायद उसे कोई काम हो। काम खत्म होने पर वह उसे शहर घुमाएगा। खिड़की के बाहर स्कूल का खुला मैदान दिख रहा था। कैंपस के उस पार कारखाने की बाउंड्री है। वहाँ चिलबिल के कई पेड़ हैं, जिनकी शाखाएँ स्कूल कैंपस में झुकी हैं। हवा में सूखे पत्ते उड़ रहे हैं। थोड़ी दूर पर रेसकोर्स भी दिख रहा है। वे दोनों खिड़की से बाहर देखते, देर तक बातें करते-खिलखिलाते रहे। छुट्टी की घंटी लगने पर पुट्टी ने सौरभ की ओर हाथ बढ़ाते हुए कहा–

"अब हम दोस्त हैं...हैं न!"

"दोस्त...कैसे?"

विद्यालय

"अब हम रोज इसी डेस्क पर साथ बैठेंगे।"

सौरभ ने मुस्कराते हुए अपना हाथ बढ़ा दिया। कंधे पर बैग टाँगे पुट्टी कक्षा से बाहर चली आई थी। उसने देखा, पापा उसे लेने आए थे। "स्कूल का पहला दिन कैसा रहा?" पापा ने पूछा। वह पापा को हर एक बात बताने लगी। रास्ते में उसने सौरभ को अपने भाई की साइकिल पर बैठकर जाते हुए देखा। वह खुश था। पुट्टी को देखकर उसने मुस्कराते हुए हाथ हिलाया। पुट्टी ने भी उसे हाथ हिलाकर 'बाय' किया और तब तक हाथ हिलाती रही जब तक उसकी साइकिल नजरों से ओझल नहीं हो गई।

उस रात सारे बच्चों के थककर सो जाने के बाद, जब तारे टिमटिमा रहे थे तब स्कूल की डेस्क पर पत्थर के रंग-बिरंगे टुकड़ों से घिरा एक सुंदर पंख देर तक मुस्कराता रहा।

2

किताबें बचाओ!

आज रविवार है। पुट्टी को नए स्कूल जाते एक सप्ताह गुजर गया है। स्कूल से उसकी धीरे-धीरे दोस्ती हो रही है। कल से चित्तरंजन शहर में बरसात शुरू हो गई है। पुट्टी बारिश के पहले घर आ गई थी, लेकिन टुटु का रिक्शा भारी बारिश में घर पहुँचा था। रात को पापा बता रहे थे कि मानसून हमारे शहर में आ चुका है। 'मानसून मतलब बारिश लाने वाली हवाओं का मौसम' ऐसा पापा ने रात में टुटु-पुट्टी को बताया था।

सुबह जब पुट्टी सोकर उठी तो टुटु बेड पर नहीं था। वह उठकर सीधे ड्राइंग रूम में चली आई। बासंती फर्श पर पोंछा लगा रही थी। खिड़की के पास लगे चीनी शैली के सोफे पर पुट्टी बैठ गई। बाहर अभी भी तेज बारिश हो रही थी। बासंती ने बताया कि रातभर बारिश होती रही है। सुबह बड़ी मुश्किल से वह काम पर आ पाई है। पुट्टी ने पर्दा हटाकर देखा। मूसलाधार बारिश से बागान में बुलबुले बन रहे थे। बासंती ने बताया कि जब ऐसे बुलबुले बनते हों तो इसका मतलब है कि और बारिश होगी। घर के बरामदे की रेलिंग से पानी टप-टप करके टपक रहा था। बरामदे में ही एक लकड़ी का तख्त पड़ा था जिस पर चार कुत्ते अपनी देह सिकोड़े आराम से बैठे थे। पाँचवाँ जो कि बारिश में भींगता हुआ

आया था। वह तख्त से नीचे खड़ा अपने सिर और शरीर को झटके देता सुखा रहा था...।

पुट्टी ने उन कुत्तों को आराम फरमाते देखा, तो कौतूहलवश बरामदे में चली आई। दरवाजा खुलने की आवाज से सचेत होकर कुत्ते पुट्टी की तरफ देखने लगे।

"जरा इन्हें देखो लाट साहबों की तरफ, चौकी पर बैठे आराम फरमा रहे हैं।" एक हाथ कमर पर रखे पुट्टी ने मम्मी की तरह नकल करते हुए कहा। पर उसने कुत्तों को भगाया नहीं।

"पुट्टी...कहाँ हो?"

मम्मी की आवाज सुनकर उसने झट से दरवाजा बंद कर दिया। मम्मी कुत्तों को चौकी पर बैठा देखकर गुस्सा होतीं।

"कुछ नहीं मम्मी, बारिश देख रही थी। इतना कहकर उसने बरामदे की तरफ वाली खिड़की के परदे लगा दिए और सोफे पर बैठ गई।

"लो नाश्ता कर लो।" मम्मी सुबह के नाश्ते के साथ हाजिर थीं। पुट्टी को टुटु की याद आई। सुबह से वह नहीं दिखा था।

"टुटु कहाँ है मम्मी?" उसने पूछा।

"सो रहा है। उसे तंग मत करना।"

"सो रहा है अभी? उसे हैरानी हुई।"

"उसे बुखार है। कल स्कूल से आते वक्त भीग जो गया था।".

"और पापा?"

"वो डॉक्टर अंकल को लाने गए हैं।" कहकर मम्मी चली गईं।

पुट्टी हैरान थी कि बारिश में डॉक्टर अंकल कैसे आएँगे। उनकी क्लिनिक तो बंद होगी। उसके मन में आया कि मम्मी से इस विषय में पूछे, लेकिन पूछ नहीं सकी। वह चुपचाप नाश्ता करने लगी।

नाश्ता करके वह मम्मी के कमरे में चली आई। टुटु गर्दन तक चादर ओढ़े सो रहा था। पुट्टी ने आहिस्ता से उसके माथे पर हाथ रखा। माथा जल रहा था। टुटु का चेहरा बहुत छोटा-सा लग रहा था। पुट्टी उदास हो गई। रोज बहुत उधम मचाता है यह टुटु, पुट्टी से कितना झगड़ता भी है। पर शैतानी करने वाला, झगड़ने वाला टुटु बुखार में सुस्त पड़े इस टुटु से ज्यादा अच्छा लगता है।

कुछ पल वह पलंग के पास खड़ी सोचती रही। फिर धीरे-धीरे पलंग पर चढ़कर उसके पास लेट गई।

टुटु खरगोश-सा उजला है। उसके गालों के भीतर मानो किसी ने रूई भर दी हो। गुदगुदे-मुलायम होंठ बिलकुल लाल टमाटर जैसे हैं। जब वह रोता है तो उसके होंठ पके टमाटर की तरह सूज जाते हैं। इसीलिए पुट्टी उसे 'टुटु-टमाटर' कहकर चिढ़ाती है। लेकिन आज उसके लाल होठों पर पपड़ी जमी है। बुखार की गर्मी से उसके गाल दहक रहे हैं। पुट्टी उसे देखती रही।

तभी उसने धीमे से आँखें खोलीं। पुट्टी ने अपने गाल उसके गाल से सटा लिए।

"मुझसे अब और सोया नहीं जाता।" वह फुसफुसाया।

"पर तुम्हें बुखार है। तुम्हें सोना चाहिए," पुट्टी ने उसे कसकर पकड़ लिया।

"हूँ," वह कमजोर स्वर में बोला।

कुछ पल सोचने के बाद वह बोली—"कहानी पढ़कर सुनाऊँ?"

टुटु मुस्कराया। पुट्टी ने मेज से कहानियों की एक पत्रिका उठाई और उसे पढ़कर सुनाने लगी।

सुबह के साढ़े नौ बज चुके थे। बारिश अब थम गई थी, लेकिन आसमान से बादल नहीं छँटे थे। इस बीच पापा डॉक्टर अंकल को साथ लेकर

आ गए। डॉक्टर अंकल ने टुटु को देखा। "मामूली वायरल फीवर है। दो-एक दिन में ठीक हो जाएगा।" कहकर उन्होंने टुटु को दवाएँ दीं। पापा डॉक्टर अंकल को वापस छोड़ने चले गए थे। पुट्टी ने उनके बाहर निकलते वक्त आँखों से कुछ इशारा किया। पापा समझ गए थे कि पुट्टी ने क्या कहा।

पिछले दिनों क्लास टीचर ने पुट्टी को एक लिस्ट दी थी। पुट्टी ने पापा को उसी लिस्ट की याद दिलानी चाही थी। पापा को यह बात याद थी। डॉक्टर को उनकी क्लिनिक छोड़ने के बाद उस लिस्ट के आधार पर पुट्टी के पापा ने ढेर सारी चीजें उसके लिए खरीदीं। घर पहुँचकर उन्होंने सारा सामान ड्राइंग रूम में रखा। पुट्टी बहुत खुश हुई। पुट्टी के पास अब बहुत सारी नई चीजें हैं। नई किताबें, नई कॉपियाँ, नई पेंसिलें, नई क्लास और नए दोस्त। क्लास में पुट्टी के बहुत सारे नए दोस्त बन गए हैं...सौरभ, पूजा, संदीप, स्वाति, मनोरमा, अनुपम...! अब इतने सारे सामान भी उसके हैं। टुटु ठीक होता तो दोनों बहुत खुश होते। कुछ सोचकर पुट्टी थोड़ी उदास हो गई।

वह अकेले ड्राइंग रूम में बैठकर एक-एक किताबें देखने लगी। नई किताबों की गंध अलग-सी होती है। उन्हें नाक के करीब लाकर सूँघने पर एक अलग-सी खुशबू नथुनों में समा जाती है। यह गंध पुट्टी को नई-नई चीजें पढ़ने के लिए उकसाती है।

लंच के बाद पापा भी उसके साथ आकर बैठे। टुटु ने उनसे अपने पास बैठने को कहा। वहीं किताबों में जिल्द भी लगा लेंगे। थोड़ी ही देर में टुटु के रूम की फर्श पर बैठे पापा और पुट्टी किताब-कॉपियों पर जिल्द चढ़ा रहे थे। पुट्टी टेप कटर से सेलोटेप के टुकड़े काटकर पापा को थमाए जा रही थी। पापा जिल्द चढ़ाते। फिर पुट्टी जिल्द चढ़ी किताबों पर स्टीकर चिपकाती। टुटु अपने बेड पर लेटे हुए दोनों को टुकुर-टुकुर देखता रहा। वह काफी देर से चुप था। अचानक उसने पापा से पूछा—

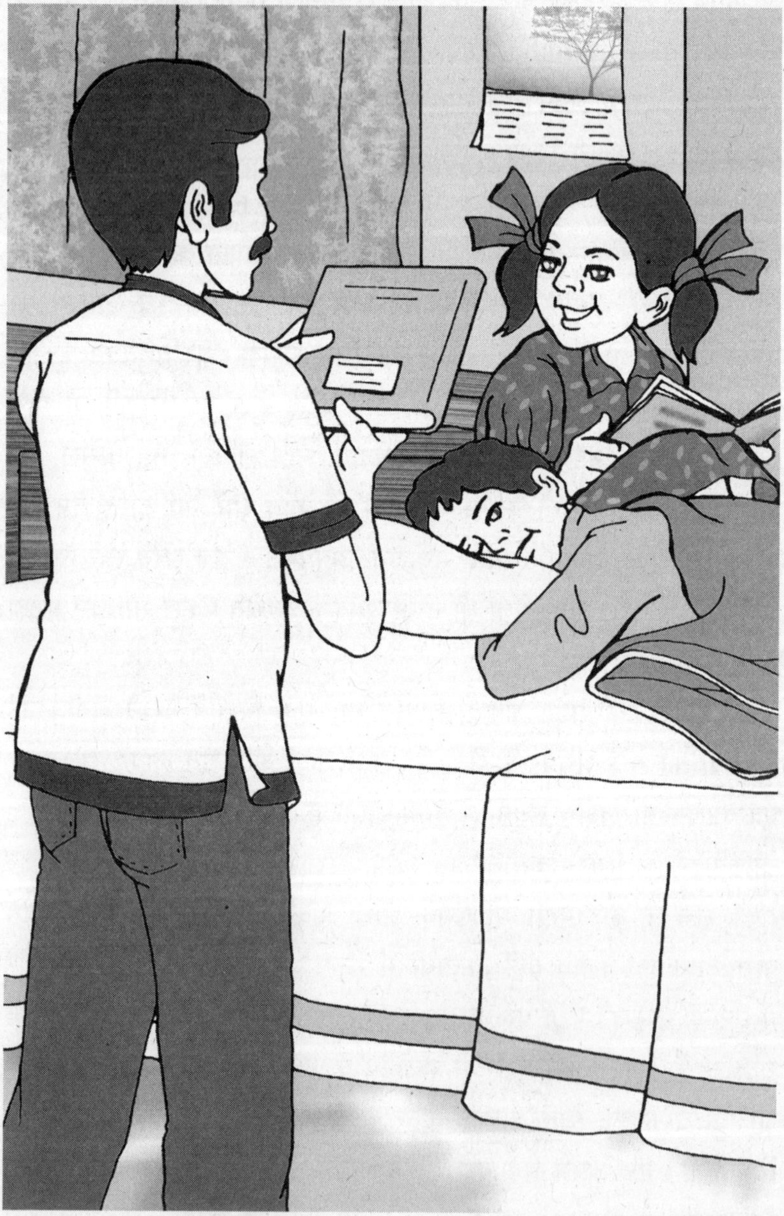

"किताबों में जिल्द क्यों लगाते हैं पापा?" "ताकि किताबें साफ और सुरक्षित रहें!"

पुट्टी की हिंदी की किताब रंग-बिरंगे चित्रों से भरी थी। वह उस किताब को बीच से मोड़कर देख रही थी। पापा बोल पड़े,

"किताब को खोलकर पढ़ना चाहिए। मोड़ने पर किताब की सिलाई या फिर बाइंडिंग खुलने लगती है जिससे पन्ने अलग-अलग हो जाते हैं।"

पापा की बात सुनकर पुट्टी ने किताब खोलकर फर्श पर सीधी रख दी। पापा बोले—"बच्चों हमें किताबों को बचाए रखने की जरूरत है, ताकि हमारे उपयोग के बाद ये दूसरों के काम भी आ सकें।"

"हूँम्म........" दोनों बच्चों को कुछ-कुछ समझ में आ रहा था।

"दूसरों का मतलब जरूरतमंद से है..."

पापा ने किताबों को बचाने वाली एक लड़की की कहानी सुनाई...बुक थीफ की कहानी, जिसे बच्चे ध्यान से सुनने लगे।

'बुक थीफ—पहले सभी लोग किताबें पढ़ते थे। उन्हें सँभाल के रखते थे। एक दूसरे को उपहार देते थे। पढ़ना-लिखना आजादी का प्रतीक था। दूसरे विश्वयुद्ध से पहले नाजी सरकार ने सभी किताबों को जलाने का हुक्म दे दिया था, जो आम नागरिकों के पास थीं। किताबों की ताकत से जर्मनी की सरकार डरती थी। तब एक नन्ही बच्ची ने नाजी सिपाहियों से बचते-बचाते न सिर्फ बहुत-सी किताबों को जलाने से बचाया था, बल्कि उसने अपनी कहानियाँ भी लिखीं।'

कहानी सुनने के बाद पुट्टी ने सोचा कि अब वह अपनी किताबों को गंदा नहीं करेगी। उनको ठीक से अपने बैग में रखेगी। अच्छी तरह से बिना मोड़े। उन पर स्केच पेन या फिर स्याही वाली कलम से कुछ भी नहीं लिखेगी। अगर लिखना भी हुआ तो पेंसिल से लिखेगी। सभी किताबों पर जिल्द लगाएगी। जिल्द फट जाएगा तो दूसरा जिल्द लगाएगी, लेकिन

इसके लिए उसे जिल्द लगाना भी सीखना होगा। वह जिल्द लगाना पापा से सीख जाएगी। क्योंकि आज उसे पता चला कि सुरक्षित किताबें किसी भी जरूरतमंद के काम आ सकती हैं इसलिए वह भी किताबों को बचाने में मदद करेगी।

3

घुमक्कड़ी

टुटु-पुट्टी के कमरे की खिड़की सामने बागान में खुलती है। बागान चारों तरफ से झाड़ियों व कँटीले तारों से घिरा है। बाजू वाला क्वार्टर 'जतिन दास' का है। दोनों क्वाटर्स के बीच कँटीले तार की बाड़ लगी है। बागान के इस हिस्से में अमरूद व पीले कनेर के पेड़ हैं। आजकल रोज ही बारिश हो रही है। आसमान में घने बादलों के बीच से धीरे-धीरे खिलती सूरज की किरणों वाला दिन पुट्टी को बहुत सुंदर लगता है।

पापा दो दिनों के लिए शहर से बाहर गए हैं। मम्मी बासंती के साथ बैठी चाय पी रही थी। बासंती नदी में जलस्तर बढ़ जाने का किस्सा सुनाने में मगन थी। नदी की लहरों के विषय में बताते वक्त वह चाय का कप नीचे रखकर हाथ से ऊँची और ऊँची लहरें बनाकर दिखाती। पुट्टी ध्यान से उसकी बात सुन रही थी।

"क्या लहर बहुत ऊँची होती है बासंती?" पुट्टी ने उत्सुकता से पूछा।

"हाँ, पुट्टी बहुत ऊँची...पुल हिलने लगता है।"

पुट्टी सोचने लगी, काश! वह नदी की ऊँची लहरें देख पाती। बासंती आँगन में बर्तन धोने चली गई। पुट्टी भी आँगन में चली आई। गीले आँगन में जगह-जगह काई जमी थी। चारों तरफ पके आम गिरकर फट गए

थे। बासंती उन्हें बुहारकर फेंक देगी। आँगन में बायीं तरफ बाथरूम था। बाथरूम के बगल में खपरैल की छत वाला कमरा 'रानी का घर' है। रानी उनकी दुलारी गाय है। पापा ठंड व बारिश के दिनों में उसे इस कमरे में बाँध देते थे। कमरे के द्वार पर टाट का पर्दा था। गाय-घर के सामने बेहद मोटे तने वाला आम का पेड़ है। उसके पास ही शौचालय था और पानी की टंकी भी थी। पुट्टी सँभल-सँभलकर चलती टंकी के पास पहुँची। उसने टंकी में झाँककर देखा। पानी ऊपर तक भरा हुआ था। साफ पारदर्शी। पानी पर आम के कुछ पत्ते तैर रहे थे। पुट्टी उन्हें तैरता देखती रही। टंकी के तल में गिरे चार आम चुपचाप बैठे मानो पुट्टी का ही इंतजार कर रहे थे।

पुट्टी ने सोचा, आम के पत्ते पानी के ऊपर तैर रहे हैं। पत्ते कितने हल्के होते हैं न! उसने टंकी में हाथ डालकर आम निकालने की कोशिश की। उसकी फ्रॉक भीग गई, लेकिन हाथ छोटे होने की वजह से आम तक नहीं पहुँच पाए। बासंती वहीं बैठी बर्तन माँज रही थी।

"बासंती आम निकाल दो न?" पुट्टी ने उससे अनुरोध किया। बासंती ने आम निकालकर पुट्टी को थमा दिए। ये पके हुए मीठे आम थे। आम भारी थे। अब पुट्टी समझ गई कि आम पानी में क्यों डूब गए थे!

आम मेज पर रखकर वह मम्मी के पास चली गई। मम्मी किचन में पुट्टी के लिए टिफिन तैयार कर रही थीं।

"मम्मी, नदी में पानी क्यों बढ़ गया है?"

इडली की हाँड़ी आँच पर रखते हुए मम्मी ने कहा...

"क्योंकि कई दिनों से तेज बारिश हो रही है न! इसलिए!"

"ओ...हो...!" पुट्टी ने समझदारी से सिर हिलाया।

"अच्छा मम्मी, हम नदी देखने कब जाएँगे?"

"टुटु को ठीक हो जाने दो। फिर हम सब साथ में चलेंगे। है न? चलो अब तुम स्कूल के लिए तैयार हो जाओ।"

पुट्टी जल्दी से नहा-धोकर तैयार हो गई। टिफिन बैग में रखकर उसने रेनकोट नहीं पहना। वैसे भी उसे रेनकोट बिलकुल अच्छा नहीं लगता। पापा तो शहर से बाहर हैं इसलिए उसने रेनकोट सोफे पर ही छोड़ दिया। चुपके से पापा का छाता लेकर वह निकल पड़ी। बारिश की धीमी फुहारें पड़ रही थीं। पुट्टी ने छाता खोल लिया। कितना मजेदार होता है न, बारिश में छाता लेना। बड़ा-सा छाता जैसे छोटा-सा घर हो। घर जो बारिश में पुट्टी के साथ-साथ चल रहा था। आम, नीम, जामुन की पत्तियाँ गहरे हरे रंग की दिख रही थीं। चारों ओर काफी हरी-ताजी घास उग आई है। पुट्टी को लगता है जैसे सब बारिश में नहा-धोकर खुश हैं। आगे थोड़ी दूरी पर एक साँड बीच सड़क पर खड़ा, अपनी पूँछ झाड़ रहा था। रह-रहकर उसके रोएँ काँप रहे थे, पर फिर भी बारिश में वह मजे से भीगता रहा।

"तुम नहा रहे हो क्या?" पुट्टी ने चिल्लाकर पूछा। हालाँकि वह साँड से डरती है इसलिए थोड़ी दूर ही खड़ी रही। साँड ने एक नजर पुट्टी को देखा, फिर उपेक्षा से नजरें फेर लीं।

कोई जवाब न मिलने पर भी पुट्टी निराश नहीं हुई। मजे से उछलती-कूदती वह आगे बढ़ गई। सड़क पर एक कुत्ता था। झबरी पूँछ वाला भूरा कुत्ता। कुत्ता जीभ निकाले भीग रहा था। पुट्टी ने उसके पास पहुँचकर छाता उसके ऊपर तान दिया। अब पुट्टी और वह कुत्ता दोनों छाते के नीचे थे।

"अब तुम नहीं भीगोगे!" पुट्टी ने कुत्ते को थपथपाकर कहा।

कुत्ता जीभ निकाले बस उसे देखता रहा।

"चलो!" पुट्टी बोली। पर कुत्ता टस से मस न हुआ।

पुट्टी ने अपने घुटनों से उसे धकेला तो कुत्ता उल्टी दिशा में भागा। तब पुट्टी उसके कान पकड़कर खींचने लगी।

"बुद्धू इधर आओ, इधर! बाहर भीग जाओगे।"

लेकिन कुत्ता पूरा बुद्धू था। उसने पुट्टी की बात नहीं मानी, उल्टे वह उस पर गुर्राने लगा। पुट्टी उसे छोड़कर आगे बढ़ गई।

"टुटु की तरह बीमार पड़ोगे तब समझ में आएगा। वह भी ऐसे ही बारिश में भीगा था।"

वैसे तो पुट्टी का स्कूल घर से अधिक दूर नहीं है। पापा ने रास्ता भी ठीक से समझा दिया है। पर पुट्टी कभी सीधे रास्ते स्कूल नहीं जाती। मानिक की गुमटी वाले चौराहे से वह स्कूल की तरफ न बढ़कर विपरीत दिशा में बढ़ गई। दायीं तरफ एक चौड़ा गड्ढा जैसा था। गर्मी के दिनों में यह बड़ी-बड़ी झाड़ियों से भरा सूखा रहता था। पर आजकल इसमें पानी भर गया है। सड़क पर ठहरे पानी में फच-फच उछलती पुट्टी की नजर अचानक उस चौड़े गड्ढे पर गई। वह ठिठक गई। बहुत सारे पीले मेंढक गड्ढे के किनारे नर्म घास पर बैठे टर्रा रहे थे।

"टर्र...टर्र...टर्र...टर्र..."

पीले मेंढक? पुट्टी हैरान थी। वह अपनी गोल-गोल आँखों को फैलाए उन्हें देखे जा रही थी। कितने सुंदर दिख रहे थे वे पीले मेंढक। उनका रंग हल्दी-सा पीला है। पुट्टी दौड़कर उन तक पहुँची, ताकि उन्हें नजदीक से देख सके। लेकिन पुट्टी की आहट पाकर वे सब बारी-बारी गड्ढे में उछलकर कहीं दुबक गए। पुट्टी उदास हो गई। कुछ पल खड़ी वह उनका इंतजार करती रही, पर वे बाहर नहीं आए। तभी एक धीमी टर्र-टर्र सुनाई पड़ी। वह चौंककर मुड़ी। एक नन्हा पीला मेंढक धीमे-धीमे उछलता गड्ढे की तरफ बढ़ा जा रहा था। वह पुट्टी के पास रुका और उसे अपनी चमकदार आँखों से देखने लगा। मानो वह पुट्टी को देखकर मुस्कराया हो। पुट्टी ने हाथ हिलाकर कहा—"टा...टा"।

नन्हा मेंढक बोला—"टर्र...टर्र...!" और पानी में कूद गया।

स्ट्रीट नंबर-56 में पूजा का घर था। पूजा को साथ लेकर कई गलियों और तंग रास्तों से गुजरती पुट्टी स्कूल पहुँची। पाँच-सात मिनट का रास्ता आधे घंटे से अधिक का हो गया था। ऐसा नहीं है कि पुट्टी रास्ता भूल गई थी। सच्चाई तो यह है कि पुट्टी को घूमना और बातें करना बहुत-बहुत पसंद है। पुट्टी और पूजा अकसर बातें करती हुई अलग-अलग गलियों में चल पड़ती। कभी इमली की तलाश करते हुए कॉलोनी के अंतिम छोर पर चली जातीं तो कभी उनका मन होता कि होम्योपैथ की मीठी गोलियाँ देने वाले डॉक्टर मंडल के नन्हे गार्डन की सैर की जाए। डॉक्टर मंडल के बगीचे में ढेर सारे सुंदर-सुंदर फूल थे... गुलाब, डहेलिया, गेंदा, रातरानी। कभी-कभी मिसेज टोप्पो के अल्सेशियन कुत्ते को देखने भी जातीं। गेट के भीतर चेन से बँधा अल्सेशियन डॉग टोनी अलसाया-सा सुस्त पड़ा रहता। वे उसे छेड़तीं। पर जैसे ही टोनी आलस छोड़कर जोरों से भौंकना शुरू करता, वे भाग खड़ी होतीं।

4

रानी और शीतल

छुट्टी के वक्त हल्की धूप निकल आई। दिनभर बारिश होती रही थी। खिड़कियों के पल्लों पर गिरती बारिश को देखना पुट्टी को अच्छा लगता है। उसे टुटु की याद आ रही थी। मम्मी उसे खरगोश कहती हैं और पुट्टी को गिलहरी। ऐसी बारिश में तो टुटु-पुट्टी कमरे की खिड़की पर बैठे गरमा-गरम सूप पीते थे। बासंती उन्हें अपने गाँव के गीत सुनाती थी,

"सिंग खाड़ा रे सिंग खाड़ा
तुई जे देखि सिंग खाड़ा..."

पुट्टी सोच रही थी, घर जाकर वह टुटु के साथ ड्राइंग करेगी। ऐसे ही एक बारिश का दिन बनाएगी। पर घर पहुँचकर उसने देखा कि टुटु सो रहा है। मम्मी ने बताया कि अब उसकी तबीयत पहले से काफी अच्छी है। कपड़े बदलकर वह रानी से मिलने आँगन में चली गई। अकेले ड्राइंग करने का उसका मन नहीं था। दोपहर ढलान पर थी। टाट का भूरा पर्दा हटाकर पुट्टी रानी के घर में गई तो कमरे में बारिश, सीलन, गोबर की मिली-जुली गंध थी। पुट्टी इस गंध की अभ्यस्त हो गई है। इसलिए उसे परेशानी नहीं होती, अलग-अलग खूँटों पर दो गायें बँधी थीं। सफेद गाय का नाम 'रानी' है। दूसरी भूरे रंग की है जिसका नाम 'शीतल' है। रानी

खड़ी जुगाली कर रही थी। उसने सिर घुमाकर पुट्टी को देखा। देह पर पूँछ इधर-उधर फटककर मच्छर भगाने लगी। मानो कह रही हो–

"आओ पुट्टी! इन मच्छरों ने तो परेशान कर रखा है।"

हालाँकि मम्मी उपले जलाकर धुआँ कर देती थीं ताकि मक्खी-मच्छर भाग जाएँ। पुट्टी ने रानी के नाक से गाल सटाकर कहा–

"टुटु को बुखार है रानी।" उसके स्वर में उदासी थी। रानी ने अपनी खुरदुरी जीभ से पुट्टी का गाल चाट लिया। वह धीरे-धीरे मुँह चलाने लगी। पुट्टी को लगा वह कह रही है–"चिंता मत करो, टुटु जल्दी अच्छा हो जाएगा।"

शीतल, रानी की ही बेटी है। पर रानी से बिलकुल उलट। रानी जितनी सीधी और सहनशील है, शीतल उतनी ही मूडी और आक्रामक। मच्छरों के काटने पर वह पूँछ फटकारती, कान हिलाती और जोरों से पैर पटककर रँभाने लगती थी। तब मम्मी उसकी बात समझकर जल्दी से उपले जला दिया करतीं। पुट्टी को देखकर शीतल ने कोई प्रतिक्रिया नहीं दी। जिस दिन वह मैदानों से हरी कोमल घास व झाड़ियाँ चरकर आती, उस दिन उसका मूड बहुत अच्छा रहता था। पुट्टी उसे छूकर ही समझ जाया करती। जब शीतल खुश रहती, उस दिन पुट्टी के छूने पर वह उसकी नन्ही हथेलियाँ चाटने की कोशिश करती थी। पुट्टी की बातें ध्यान से सुनते हुए धीरे-धीरे सिर भी हिलाती। पर जब उसका मूड उखड़ा हुआ हो तो बात-बात पर हुँकारते हुए कटखनी-सी सींग भी दिखाया करती। मजे की बात यह थी कि उसके सींग नहीं के बराबर थे।

लेकिन रानी तो टुटु-पुट्टी की सबसे अच्छी दोस्त है। पुट्टी सारी दोपहरी रानी से गप्पें लड़ाती थी, उसके जुएँ निकालती थी। उसकी नाद पर बैठी पुट्टी रानी की गर्दन सहलाया करती।

पुट्टी का स्पर्श रानी को पसंद था। पुट्टी जब भी उसकी गर्दन सहलाती, रानी सर ऊपर ही ऊपर किए जाती थी। मानो कह रही हो—"तुम्हारा इस तरह प्यार जताना मुझे पसंद है पुट्टी!"

पुट्टी को वह दिन याद है जब शीतल के जन्म के बाद रानी 'मरखंडी' हो गई थी। उस दिन पुट्टी ने हँसते-चिल्लाते हुए गेट खोला ही था कि पापा गुस्से से बोले थे—'हिश्श! शोर मत करो। भीतर जाओ चुपचाप।"

पुट्टी शांति से घर के अंदर चली गई थी। ड्राइंग रूम की खिड़की पर बैठा टुटु जरा-सा पर्दा हटाकर बागान में देख रहा था।

"क्या देख रहे हो टुटु?"

पुट्टी के पूछने पर टुटु ने होठों पर उँगली रखकर चुप रहने का इशारा किया। पुट्टी उत्सुकता से बाहर देखने लगी थी। बागान में नाद के पास खड़ी रानी बड़ी बेचैनी से इधर-उधर हिल-डुल रही थी। अपने पैरों को झटक रही थी। चिंतित पापा अपनी कमर पर हाथ रखे उसे देखे जा रहे थे। मम्मी रानी को पंखा झल रही थी।

"रानी को पेट दर्द हो रहा है!" टुटु ने बड़ों की तरह फुसफुसाकर कहा था।

—"ओह!"

तभी उन दोनों ने देखा कि रानी के पिछले हिस्से से दो नन्हे काले खुर बाहर झाँक रहे हैं। वे भय और विस्मय से चीख पड़े थे। उनकी चीख सुनकर रानी परेशानी से इधर-उधर देखने लगी। मम्मी पंखा छोड़कर कमरे में भागी आई थीं। धीमे स्वरों में बच्चों को डाँटते हुए उन्होंने दरवाजे-खिड़कियाँ बंद कर दीं। बच्चों को खाना देकर वे बाहर चली गईं। दोनों बेमन से खाना खा रहे थे। उनका सारा ध्यान रानी पर ही था। बाहर की हर आहट पर वे कान खड़े कर लेते।

थोड़ी देर बाद मम्मी ने दरवाजा खोलकर उन्हें बाहर बुलाया। रानी के पास हल्के भूरे रंग की कोमल-सी बछिया बैठी थी। उसके भूरे बाल एक दूसरे से चिपके हुए थे। रानी बड़े प्यार से उसे चाटे जा रही थी। कुछ देर बाद बछिया ने खड़े होने की कोशिश की, पर वह अपना संतुलन सँभाल नहीं पा रही थी। लड़खड़ाती-डगमगाती वह कुछ देर खड़ी रही। फिर तुरंत ही बैठ गई। उसके ललाट पर सफेद रंग का नन्हा तिकोना निशान था। पापा पसीना पोंछते हुए मम्मी से बोले—"जरा चाय पिलाना"।

टुटु-पुट्टी बच्चे को हैरानी से देख रहे थे। क्या यह वही है जिसके पैर रानी के पेट से बाहर दिखे थे। उन्होंने बच्चे को छूना चाहा तो रानी गुस्से से सिर झटकने लगी।

"अभी बछिया को न छुओ! रानी गुस्सा हो जाएगी! उसे डर है कि कोई उसके बच्चे को नुकसान न पहुँचा दे।"

पापा की बात सुन टुटु-पुट्टी मन मसोस कर पीछे हट गए थे। उसके बाद उन्हें बहुत दिनों तक बछिया का ख़याल रखना पड़ा था। नन्ही बछिया की ताजी नाभि बहुत लंबी थी। कौआ नाभि पर चोंच मारकर बछिया को घायल कर सकता था। वे दोनों मुस्तैदी से पहरे पर डटे रहते। उन्होंने बछिया का प्यारा-सा नाम भी रख दिया—"शीतल"।

कुछ दिनों बाद शीतल की नाभि सूख गई। अब वह टुटु-पुट्टी के साथ खूब उछलती-खेलती थी। पूरे बागान में उछलती-कूदती चौकड़ियाँ भरती वह बड़ी होती गई।

5

जुगनू जैसे सपने

स्कूल से आते ही बैग सोफे पर पटककर पुट्टी कमरे में भागी। टुटु बैठा होमवर्क कर रहा था। पुट्टी ने फ्रॉक की जेब से माचिस की छोटी डिबिया निकाली।

"माचिस का क्या करोगी?" टुटु के प्रश्न पर पुट्टी मुस्कराई।

"यह माचिस नहीं है बुद्धू! इसमें जादू है जादू!"

दरअसल आज स्कूल में सौरभ ने पुट्टी को माचिस की डिबिया दिखाई। उसने सावधानी से डिब्बे का ढक्कन थोड़ा-सा खिसकाया। पुट्टी ने सिर झुकाकर देखा था। उसमें भूरे रंग के नन्हे-नन्हे कीट थे। पुट्टी समझ नहीं पाई कि इसमें अनोखा क्या है?

"इसे रात के अँधेरे में बत्ती बुझाकर देखना!"

सौरभ ने रहस्यमयी मुस्कान के साथ कहा। डिब्बे को हिफाजत से रखकर टुटु-पुट्टी बेसब्री से रात का इंतजार करने लगे।

धीरे-धीरे घिरती साँझ के साथ ही घर में और बाहर बिजली के लट्टू रोशन हो उठे। स्कूल का होमवर्क करने के बाद टुटु-पुट्टी जल्दी खाना खाकर सोने चले गए। घर की सारी लाइट्स बंद होने के बाद पुट्टी ने ड्रावर से डिबिया निकाली। डिबिया को टुटु खोलना चाहता था। थोड़ी

ना-नुकुर के बाद पुट्टी ने उसे ही डिबिया खोलने को दे दिया। टुटु के डिबिया खोलते ही धीरे-धीरे नन्ही-नन्ही रोशनियाँ उड़ने लगीं। वे दोनों हैरान रह गए। टुटु ने उन्हें मुट्ठी में पकड़ने की कोशिश की। पर वे कमरे में ऊपर ही ऊपर उड़ती गईं। पूरे कमरे में अँधेरे को चीरती नन्ही पीली रोशनी टिमटिमा रही थी।

दोनों देर तक उन नन्ही रोशनियों को पकड़ने की कोशिश करते रहे। कभी वे छत के कोने पर बैठ जातीं। कभी आलमारी के ऊँचे दरवाजे पर! थककर वे बिस्तर पर बैठ गए।

पुट्टी ने लाल फूलों की कढ़ाई वाला फ्रॉक पहना था। तभी फूल जगमगा उठा। पुट्टी उसे देख ही रही थी कि तभी दूसरी रोशनी दूसरे फूल पर आ बैठी। टुटु-पुट्टी खिलखिला पड़े। पुट्टी की फ्रॉक पीली रोशनी से जगमगा रही थी। उसने धीरे से हथेलियाँ बढ़ाकर उन रोशनियों को मुट्ठी में भर लिया। मुट्ठी की हलके सुराख में दोनों ने झाँककर देखा। हथेली के भीतर पीली-गुलाबी चमक दिख रही थी। पुट्टी मुट्ठी बंद किए मम्मी के बिस्तर की ओर बढ़ी। मम्मी बेखबर सोई थीं। पुट्टी ने मम्मी के दुपट्टे पर मुट्ठी खोल दी। वे रोशनियाँ मम्मी के हरे दुपट्टे पर टिम-टिम, टिम-टिम जगमगाने लगी थीं।

कुदरत का अद्भुत पिटारा अलग-अलग रूपों में पुट्टी के सामने खुलता जा रहा था। हर नजारे पर वह चौंकती...उसे आश्चर्य होता। अरे ऐसा...ऐसा भी...ऐसा क्या? सारे रिश्ते उसी पिटारे से एक-एक करके सामने आते जाते। वह हैरान होती। उन रहस्यों को जानने की इच्छा उसमें बढ़ जाती। जुगनुओं की टिमटिमाहट उसे नए जलते-बुझते सपने की ओर ले चली। जहाँ वह सौरभ का हाथ थामे उड़ी जा रही थी... 'थैंक यू सौरभ'।

6

अपराध-बोध

स्कूल में यह सख्त नियम था कि बच्चों के पास पूरी किताबें होनी चाहिए। जिस बच्चे की डेस्क पर सामने किताब नहीं होती, उसे सजा मिलती थी। क्लास में टहलते हुए सर ने बच्चों से 'पकौड़ी' कविता वाला पाठ खोलने के लिए कहा। क्लास में पन्नों की फड़फड़ाहट के अलावा कहीं कोई आवाज नहीं थी। पुट्टी ने सूची से देखकर पृष्ठ संख्या खोल लिया। उसने सौरभ को देखा। सौरभ ने डेस्क पर हिंदी की नोटबुक खोल रखी थी।

"तुम किताब लेकर नहीं आए?" पुट्टी ने पूछा।

"अभी भैया ने किताबें नहीं खरीदी हैं!" सौरभ थोड़ा उदास हुआ।

"सर ने देख लिया तो डाँट पड़ेगी।" पुट्टी ने फुसफुसाकर कहा। उसकी बात सुनकर सौरभ का मुँह उतर गया। उसका परेशान चेहरा देखकर पुट्टी ने धीरे से कहा—"अच्छा, तुम परेशान नहीं हो। सर पूछेंगे न, तो मैं कह दूँगी कि तुम्हारी किताब है।"

इतना कहकर पुट्टी ने किताब डेस्क के बीचों-बीच रख दी। उसे विश्वास है कि सर उसे ज्यादा नहीं डाँटेंगे, क्योंकि वह रोज किताबें लेकर आती है। हाथ में किताब लिए सर सस्वर कविता का पाठ करने लगे।

"दौड़ी-दौड़ी आई पकौड़ी
छुन-छुन, छुन-छुन तेल में नाची
प्लेट में आ
शरमाई पकौड़ी!"

सर के साथ-साथ बच्चे भी गा रहे थे। सौरभ खुश था। कुछ पल पहले का डर-अंदेशा भुलाकर खिलखिलाते हुए वह भी तालियाँ बजा रहा था। उसने धीरे से पुट्टी के कान में कहा—"मेरे पापा पुल के पास पकौड़ी छानते हैं!"

"किस चीज की?" पुट्टी हैरान थी।

"आलू, प्याज, बैंगन, गोभी की पकौड़ियाँ!" सौरभ की आवाज में थोड़ा गर्व था।

तभी सर कविता पढ़ते हुए रुक गए। पुट्टी-सौरभ के पास पहुँचकर उन्होंने कड़क स्वर में पूछा...

"क्या बातें कर रहे हो तुम लोग?"

दोनों बच्चे सहम गए। सर की नजर सामने डेस्क पर रखी अकेली किताब पर पड़ी।

"यह किसकी किताब है?"

पुट्टी ने धीरे से कहा—"सौरभ की!"

—"किसकी है?" सर शायद पुट्टी का जवाब सुन नहीं पाए थे।

वे और ऊँचे स्वर में चिल्लाए। उनका चेहरा क्रोध से तन गया था। पुट्टी डर गई। उसने हड़बड़ाकर कुछ अस्पष्ट-सा कहा। वह खुद भी नहीं समझ पाई कि उसने क्या कहा। बस उसका सिर हाँ में हिला। उसके बाद सर ने सौरभ को कान पकड़कर खड़ा होने का आदेश सुना दिया। वह ब्लैकबोर्ड के सामने कान पकड़े खड़ा था। सारी क्लास उसे ही देख रही थी। थोड़ी देर बाद बच्चे फिर से कविता गाने लगे। पर अब पुट्टी का मन

कविता की तरफ से बिलकुल ही हट गया था। सौरभ का सिर झुका हुआ था। आँखों से टप-टप बहते आँसू उसकी शर्ट पर गिर रहे थे। सौरभ के वे निर्दोष आँसू पुट्टी के नन्हे हृदय पर अपराध-बोध की कचोट बनकर हमेशा के लिए अंकित हो गए।

7

कबूतरों वाली काकी माँ!

वह बारिश से भीगता इतवार था। सुबह से ही बिजली गुल थी। नाश्ते के बाद मम्मी-पापा के साथ बरामदे में बैठे टुटु-पुट्टी बारिश देख रहे थे। मम्मी-पापा के हाथ में चाय की प्याली थी। चारों ओर पानी-ही-पानी दिख रहा था। बागान में उगी लंबी घास बारिश के तेज बहाव में डूब गई थी। सामने वाले क्वार्टर में कनेर का नया-नवेला नाजुक-सा पौधा उग आया था, पर बारिश में थपेड़ों से टूटकर वह जमीन पर गिर पड़ा। तभी नदी की दिशा से कुछ लोग साइकिलों पर फल-सब्जियाँ लादे बाजार की तरफ जाते दिखे। कैरियर पर लदी सब्जियाँ व फलों की टोकरियाँ प्लास्टिक से ढँकी थीं। किसानों ने भी रंग-बिरंगे प्लास्टिक के बड़े-बड़े टुकड़ों को कोने से मोड़कर टोपीनुमा बरसाती सिर पर डाल रखी थी। तेज बारिश से बचने की कोशिश करते वे साइकिल भगाए जा रहे थे। पुट्टी ने मम्मी को कहते सुना...

"घर में बैठकर बारिश देखना बहुत अच्छा लगता है, पर जिन्हें काम करना हो उनके लिए बारिश कितनी कष्टदायक होती है न!"

"वहाँ जतिन दास के घर के बाहर कौन खड़ा है?" सहसा पापा बोले।

पापा की बात सुनकर सब उधर ही देखने लगे थे। मम्मी भी कुछ क्षण देखती रहीं, फिर वे छाता लेकर बाहर निकल गईं। बारिश तेज हो

गई थी। जब वे वापस आईं, तब उनके साथ कोई और भी था। वे जतिन दास की माँ थीं। टुटु-पुट्‌टी उन्हें 'काकी माँ' कहते हैं। वे लोग उड़ीसा के रहने वाले हैं। काकी माँ पूजा-अर्चना के लिए मंदिर गई थीं। उसी बीच घरवाले ताला लगाकर कहीं बाहर चले गए। वे मंदिर से वापस आईं तो गेट पर ताला लगा देखकर मजबूरन उन्हें बाहर पेड़ के नीचे ही खड़े रहना पड़ा। भीगी साड़ी में वे ठंड से काँप रही थीं। कपड़े बदलवाकर मम्मी ने उन्हें गर्म कॉफी दी।

"इतना भी कोई लापरवाह होता है क्या?" पापा बुदबुदाए। उनके ललाट पर सिकुड़न थी। पुट्‌टी समझ गई। पापा गुस्सा थे।

कॉफी पीते हुए वे खामोशी से गेट की तरफ देख रही थीं। पुट्‌टी ने उन्हें ध्यान से देखा। उनके चेहरे पर असंख्य झुर्रियाँ थीं। उनकी पलकें जल्दी-जल्दी झपक रही थीं। किसी ने नहीं देखा। पुट्‌टी ने देखा था। उनकी सफेद पलकों से एक बूँद टप से कॉफी में गिर गई थी।

रात को सोने से पहले मम्मी बच्चों का चादर-बिछावन चेक करने आई थीं। पुट्‌टी ने मम्मी की कलाई थामकर पूछा...

"मम्मी, वे लोग काकी माँ को अकेले छोड़कर क्यों चले गए?"

"क्योंकि वे अपने बुजुर्गों की इज्जत करना नहीं जानते।" मम्मी ने पुट्‌टी का माथा सहलाते हुए धीरे से कहा।

पुट्‌टी ने कभी 'काकी माँ' से बातें नहीं कीं। हालाँकि कभी-कभी उसका बहुत मन होता था उनसे बात करने का। मम्मी बताती हैं कि उसका जन्म होने पर काकी माँ ने उसे दुलारते हुए उसका नाम पुट्‌टी रख दिया था।

"यह तो प्यारी-सी पुट्‌टी है!" और काकी माँ के गोद में नन्ही पुट्‌टी मुस्कराने लगी थी।

(उड़िया भाषा में 'पुट्‌टी' का अर्थ है नन्ही बच्ची।)

रोज स्कूल जाते हुए पुट्टी उन्हें देखती थी। घर के सामने ढेर सारे कबूतरों के साथ चबूतरे पर बैठी वे कुछ सोचती रहतीं। उसे देख काकी माँ आँचल की गाँठ खोलकर मिसरी और मूँगफली के टुकड़े पुट्टी की हथेली पर रख दिया करतीं।

"खा लेना! जगन्नाथ जी का प्रसाद है।"

प्रसाद खाकर पुट्टी आगे बढ़ जाया करती।

एक शाम टुटु-पुट्टी घर के सामने खेल रहे थे। तभी उनकी नज़र काकी माँ के आस-पास दाना चुगने में मगन कबूतरों पर पड़ी। वे खेलना भूलकर कबूतरों को निहारने लगे। स्लेटी रंग के कबूतर गुटर-गूँ, गुँटर-गूँ कर रहे थे। वे धीरे-धीरे काकी माँ के पास पहुँचे। उन्हें देखकर काकी माँ मुस्कराई और बैठने को कहा। वे हाथ से चावल के दाने बिखेर रही थीं। पास ही बर्तन में पानी रखा था। कभी-कभी कोई कबूतर उनकी हथेलियों से चावल चुग जाता तो कोई उनके कंधों पर अपनी चोंच हलके से रगड़ देता। काकी माँ हँस पड़तीं। टुटु-पुट्टी मंत्रमुग्ध से काकी माँ और कबूतरों की दोस्ती देख रहे थे। अब वे भी हर शाम काकी माँ के साथ बैठे गप्पें लड़ाते। कबूतरों को दाना देते। पर कबूतरों से अभी उनकी दोस्ती नहीं हो पाई थी। बच्चों को उदास देखकर काकी माँ प्यार से कहतीं...

"दोस्ती करने के लिए विश्वास जीतना पड़ता है और विश्वास प्रेम से आता है!" टुटु की गोल नाक हिलाकर काकी माँ हँस पड़ीं।

8

गोल-गोल वर्लपूल

बारिश दोपहर से थम गई थी। पुल के पास ही रेलवे सुरक्षा बल का चेकपोस्ट था। चेकपोस्ट के पास चाय-पकौड़ों की एक कच्ची दुकान थी। दुकान में ग्राहकों की भीड़ थी। सौरभ के भैया लोगों को चाय थमा रहे थे। सहसा उनकी नजर पुट्टी पर पड़ी। वे पुट्टी को देखकर मुस्कराए। पुट्टी ने भी हाथ हिलाकर उनका अभिवादन किया और पापा का हाथ पकड़े आगे बढ़ गई।

नदी उफान पर थी। पापा बच्चों को लेकर पुल के पास पहुँच गए। वहाँ खड़े सिपाही ने उन्हें बच्चों के साथ ज्यादा आगे नहीं बढ़ने की हिदायत दी। गरजती हुई नदी की पहाड़-सी ऊँची-ऊँची लहरें देखकर बच्चे हैरान थे। नदी में सब कुछ बहा जा रहा था। दोनों किनारों की मिट्टी तेजी से कटती जा रही थी। मटमैले झाग-वाला पानी पुल के नीचे से सरपट गुजर रहा था। जड़ से उखड़ चुके पेड़-पौधे, मरे हुए मवेशी-जानवर और ढेर सारा कचरा नदी में बहता हुआ जहाँ-तहाँ अटक रहा था। नदी की तेज लहरें हर संभव कोशिश कर रही थीं उन्हें बहा ले जाने की। तेज ऊँची लहरें जब पुल से टकरातीं तो एकबारगी ही पुल काँप उठता था। बहुत सारे लोग नदी का भयंकर रूप देखने आए थे। उनकी बातचीत से यही लग रहा था कि नदी अभी और संकट पैदा करेगी। नदी का रौद्र रूप बच्चों को भयभीत

भी कर रहा था और रोमांचित भी। तभी टुटु की नजर उफनती नदी की सतह पर तेजी से बनते और घूमते पानी के गड्ढे जैसी लहर पर पड़ी। वह पानी की लहर तेजी से बढ़ती हुई घूम रही थी। लट्टू की तरह गोल-गोल। किसी फ्लाइंग डिस्क की तरह पानी की सतह पर लहराते हुए।

"पापा वह क्या है?" टुटु ने उँगली से इशारा करते हुए पूछा था।

पापा और पुट्टी इंगित दिशा में देखने लगे थे।

"वह वर्लपूल है, यानी जलभँवर!"

"वह क्या होता है?" पुट्टी जलभँवर को देख रही थी। तेज गति से बहता पानी वहाँ आकर गोल-गोल अंदर की तरफ घूमने लग रहा था।

"नदी में बहुत सारी चीजें बहती हैं। कुछ उसमें घुल जाती हैं जैसे मिट्टी वगैरह। कुछ चीजें पानी में नहीं घुल पातीं जैसे पेड़ की डाल, मरे हुए जानवर या ऐसी ही कुछ चीजें। वे नदी के साथ बहती रहती हैं। कभी-कभी इन चीजों के कारण नदी के बहाव में रुकावट होती है। इसी रुकावट के कारण जलभँवर यानी 'वर्लपूल' बनने लगता है।"

"मतलब यह जो वर्लपूल बना है वह भी किसी रुकावट के कारण है?" टुटु ने पूछा।

"हाँ बेटा! और वर्लपूल में फँस जाने के बाद निकलना मुश्किल होता है!"

काफी देर तक वे नदी की उफनती लहरें और जलभँवर को देखते रहे। शाम ढल चुकी थी। लोग वापस लौटने लगे थे। गहराती शाम में नदी का शोर भयानक लग रहा था।

रात को सोते वक्त भी टुटु-पुट्टी देर तक नदी और वर्लपूल की बातें करते रहे थे। धीमी बारिश के बीच झींगुर का कर्कश एकालाप गूँज रहा था। सहसा तेज बिजली चमकी और लाइट गुल हो गई। घने अंधकार में नदी का गर्जन कमरे तक सुनाई पड़ रहा था। टुटु, पुट्टी से लिपटकर सो गया।

9

वह खूबसूरत रिश्ते का पुल

क्लास में अँधेरा-सा था। बिजली तो रात से ही गुल थी। क्लास में कम बच्चे आए थे। फर्स्ट बेंच पर बैठी स्वाति और गीता 'चिड़िया उड़' खेल रही थीं। पर सौरभ और पुट्टी को बातें करना सबसे ज्यादा पसंद था।

"आज छुट्टी के बाद भैया हमको मार्केट ले जाएँगे।" सौरभ की आँखें खुशी से चमक रही थीं।

"क्यों?" पुट्टी सौरभ की खुशी का कारण नहीं समझ पाई थी।

"किताबें खरीदने।"

फिर सौरभ ने पुट्टी को ढेर सारी बातें बताईं। अकसर छुट्टी के बाद भैया उसे शहर घुमाने के लिए ले जाते हैं। कभी 'करनैल सिंह पार्क', कभी बोटिंग क्लब। बोटिंग क्लब में मशीन वाली नावें हैं। पर सौरभ ने कभी बोटिंग नहीं की। वह तो बस जलकौओं को देखता रहता था। पानी में जी भर गोताखोरी के बाद जलकौए चट्टानों पर बैठे शाम की ढलती धूप में पंख सुखाते थे।

शहर घूमने की बातें बताते वक्त सौरभ खुशी से भर उठता था। उसके भैया बहुत अच्छे हैं। पिछले हफ्ते वे उसे हिलटॉप ले गए थे। हिलटॉप चित्तरंजन की सबसे ऊँची पहाड़ी है। वहाँ से पूरा चित्तरंजन दिखता है।

सौरभ के शहर भ्रमण के किस्से सुनकर पुट्टी उदास हो गई थी। उसे सौरभ से थोड़ी ईर्ष्या भी हुई। हालाँकि वह रहती तो शहर में ही है, पर इतना वह कभी नहीं घूम पाई। उसने मन-ही-मन सोचा कि वह भी पापा से शहर घुमाने के लिए कहेगी, फिर उन्होंने खूब बातें कीं। अन्त्याक्षरी खेले। साथ-साथ कविताएँ गाईं। छुट्टी के वक्त हेड सर ने चार दिनों तक तेज बारिश के कारण स्कूल बंद रहने की सूचना दी। अवकाश के बाद मिलने का वादा कर दो नन्हे दोस्त एक दूसरे से विदा हुए।

पुल टूटने की खबर जंगल में आग की तरह फैल गई। कल देर शाम बाढ़ में उफनती नदी का वेग पुल नहीं सँभाल पाया और टूटकर बह गया। कुछ ग्रामीणों के बह जाने की आशंका भी जताई जा रही थी। उस गरजती भयानक नदी में बह जाना कितनी डरावनी बात है।

वह एक अजीब सुबह थी। एक बड़ी घटना का खामोश असर पुट्टी साफ महसूस कर पा रही थी। बच्चे बेशक अपनी बात सटीक तरीके से अभिव्यक्त न कर पाते हों, पर खुशी-उदासी-दुख की तरंगें वे सहज ही बूझ लेते हैं।

बासंती नहीं आई थी। उसका होना टुटु-पुट्टी के लिए एक साथी का होना था। वह मम्मी से बातें करती थी। अपनी बेटी की मासूम शैतानियाँ बताती थी। वह परिवार की एक जरूरी सदस्य है। सब्जी मंडी से खाली थैला लिए वापस आए पापा ने मम्मी से कहा।

"सूखी बड़ियों और चने वगैरह से ही काम चलाओ।"

झोला वापस लेते हुए मम्मी फुसफुसाई थी।

"बेचारे किसानों की तो सारी सब्जियाँ ही बरबाद हो जाएँगी।"

पुट्टी मन-ही-मन यह कल्पना कर रही थी कि बासंती अपने संगी-साथियों के साथ हँसती-बतियाती नदी तट पर पहुँची होगी। रोज की तरह रंग-बिरंगे प्लास्टिक ओढ़े किसान फल-सब्जियों से लदी साइकिलों पर

भागते-दौड़ते पहुँचे... पर यह क्या? पुल तो है ही नहीं! कितनी हताशा हुई होगी उन्हें?

पुल जो न केवल दो राज्यों को जोड़ता था। गाँव और शहर को जोड़ता था। सबसे बढ़कर उसने गरीब किसानों को उनके बाजार से जोड़ रखा था।

चार दिनों के अवकाश के बाद स्कूल खुला। बारिश का जोर अब कुछ कम हो चला है। असेंबली में प्रार्थना हो रही थी। सारे बच्चे आए थे। पर पुट्टी की नजरें सौरभ को ढूँढ़ रही थीं। वह अब तक उससे नहीं मिल पाई थी। हो सकता है उसके भैया आज देरी से उसे स्कूल पहुँचाएँ। प्रार्थना के दौरान वह यही सोचती रही। असेंबली में प्रार्थना के बाद हेड सर सामने आए। स्कूल के लिए एक दुखद सूचना थी। उन्होंने बड़े ही भारी मन से बोलना शुरू किया...।

"पिछले दिनों नदी में बाढ़ आने की वजह से पुल टूट गया जिसमें कुछ लोग बह गए थे। यह खबर आपने सुनी ही होगी। उसी हादसे में हमने अपना एक छात्र सौरभ कुमार मरांडी को खो दिया। विद्यालय परिवार सौरभ के परिवार के दुख में भागीदार है। आइए हम सब उनकी आत्मा की शांति के लिए एक मिनट का मौन रखें।"

यह सुनकर पुट्टी को कुछ समझ नहीं आया। अभी तो छुट्टी के पहले दोनों ने अवकाश के बाद एक दूसरे से मिलने का वादा किया था। उसकी नजर अनायास आसमान में उठ गई। दूर नीले आसमान में पक्षी उड़ रहे थे। वे इतनी दूर थे कि उनकी आवाज पुट्टी को सुनाई नहीं पड़ रही थी। उसने सोचा कि क्या सौरभ इतनी ही दूर चला गया है। अभी तक किसी को खो देने की पीड़ा वह नहीं जानती थी। पर इतना वह समझ गई है कि शायद सौरभ से वह कभी नहीं मिल पाएगी। उसकी आँखों के आगे सौरभ का गोल-मटोल प्यारा-सा चेहरा तैर गया। वह पहले दिन की

भेंट जब दोनों ने मिलकर पंख के लिए घर बनाया था। पुट्टी ने आँखें बंद कर लीं। सच कहो तो उसे प्रार्थना का अर्थ नहीं पता। रोज बस वह शब्द दुहराती थी। लेकिन आज भीतर से उठता कुछ उसके गले में फँस जा रहा था। उसकी कॉपी में सौरभ की दी हुई मोरपंखी थी। इमली के बीज, जामुनों का मीठा स्वाद और उदासी। अब बस यही बचे रह गए थे। हाथ जोड़कर वह धीरे से कुछ बुदबुदाई। उसके गालों पर आँसुओं की लकीरें खिंच गईं।

10

नए टीचर

कक्षा के बच्चे और शिक्षक बहुत दिनों तक उदास रहे। कक्षा में कई बच्चे नदी पार से पढ़ने आते थे। उनके न आने से कक्षाएँ सूनी हो गई थीं। पुट्टी बेंच पर चुपचाप अकेली बैठी खिड़की से बाहर देखती रहती थी। अब उसे उसकी घुमक्कड़ी के किस्से सुनाने वाला कोई नहीं था। डेस्क के कोने पर किसी रोज सौरभ ने टूटे हुए ब्लेड से खुरचकर अपना और पुट्टी का नाम उकेर दिया था। पुट्टी को अकसर लगता जैसे अभी वह तुलमुल-तुलमुल दौड़ता क्लास के दरवाजे पर हाथ उठाए खड़ा हो जाएगा।

"मे आई कम इन छल!" वह 'स' को 'छ' ही कहता था। सर के बहुत समझाने पर भी उसका हाथ उठाकर आज्ञा माँगना नहीं छूटा था।

कुछ दिनों बाद क्लास टीचर ने सौरभ की उस खाली जगह पर पूजा को बैठा दिया। धीरे-धीरे पुट्टी और पूजा में दोस्ती शुरू हो गई थी।

क्लास में बहुत हलचल थी। बच्चे धीमे स्वरों में एक दूसरे से कुछ बातें कर रहे थे। पुट्टी ने सोचा कोई खास बात तो जरूर है। उसे पूजा ने बताया कि स्कूल में नए टीचर आने वाले हैं। पुट्टी सोचने लगी नए टीचर कैसे होंगे? फिर वह कल्पना करने लगी कि नए टीचर को कैसा होना चाहिए?

कक्षा में बच्चे गप्पें लड़ाने में व्यस्त थे। ब्लैकबोर्ड साफ नहीं था। टेबल व कुर्सियों पर भी चाक के नन्हे टुकड़े व बारीक सफेद धूल फैली थी। कागज के टुकड़े व पेंसिल के कचरे भी फर्श पर बिखरे पड़े थे। अचानक उसे लगा कि जब नए सर क्लास में आएँगे तो उसकी क्लास उन्हें कितनी गंदी दिखेगी? उसने फर्श पर बिखरा कचरा इकट्ठा करके डस्टबिन में फेंक दिया। फिर डस्टर से ब्लैकबोर्ड साफ करने की कोशिश करने लगी। पर ब्लैक बोर्ड की ऊँचाई पुट्टी से काफी अधिक थी। तभी उसे एक तरकीब सूझी। कुर्सी खींचकर वह उस पर चढ़ी और डस्टर से पूरा ब्लैक बोर्ड पोंछ दिया। कुर्सी भी उसने झाड़ दी। मेज काफी चौड़ी और ऊँची थी। किनारे-किनारे तो पुट्टी ने डस्टर से पोंछ दिया, पर बीच में धूल की मोटी परत थी। मेज का वह हिस्सा पुट्टी की पहुँच से बाहर था। कुर्सी के सहारे वह मेज पर चढ़ गई और घुटनों के बल बैठकर मेज पोंछने लगी थी, जिससे उसकी ब्लू फ्रॉक सफेद धूल से सन गई थी। पर पुट्टी खुश थी...। बहुत खुश। उसने मेज साफ कर दी। सहसा उसे लगा कि पूरी क्लास कितनी शांत है? क्यों? उसने सिर उठाकर सामने देखा। आँखों के सामने बाल गिर आए थे। उसने उँगलियों से बाल हटाने की कोशिश की। हेड सर के साथ नवागंतुक भी खड़े थे। पुट्टी हड़बड़ाहट में मेज से कूद गई। नवागंतुक पुट्टी को गौर से देख रहे थे। पुट्टी की फ्रॉक सफेद धूल से सनी थी। मोजे ढीले होकर जूतों पर सरक गए थे। बार-बार हटाने के बावजूद बाल उसकी आँखों के आगे गिर जा रहे थे। कुल मिलाकर यह दुबली-पतली बच्ची उन्हें शरारती और प्यारी लगी थी।

"यह सब तुमने साफ किया है?"

नवागंतुक ने ब्लैकबोर्ड की ओर इशारा करते हुए पूछा। पुट्टी सोचने लगी थी कि उसे क्या जवाब देना चाहिए। तभी उन्होंने कहा...

"गुड गर्ल!"

पुट्टी को यह सुनकर अच्छा लगा। उसने मन-ही-मन दुहराया.... गुड गर्ल... गुड गर्ल... गुड गर्ल।

"बच्चों यह तुम्हारे नए टीचर हैं। कैलाश प्रसाद जी।" हेड सर ने बच्चों से नवागंतुक का परिचय करवाते हुए कहा।

पुट्टी सोच रही थी—"नए सर कितने अच्छे हैं न?"

11

नन्हे आर्टिस्ट

विद्यालय में कुल पाँच विषय पढ़ाए जाते हैं। छठे विषय-चित्रकला की क्लास सप्ताह में दो दिन होती थी। तीन शिक्षक ही कक्षाएँ लेते थे। चित्रकला की कक्षाओं का पुट्टी को विशेष इंतजार रहता। उसे चित्र बनाना और उनमें रंग भरना बेहद पसंद है। हालाँकि रंग भरते हुए वह थोड़ी हड़बड़ा जाती है; अकसर ही रंग इधर-उधर हो जाते। पर पेंसिल से चित्रांकन वह अच्छा कर लेती है। हर बार सर ब्लैकबोर्ड पर कुछ चित्र बना देते और बच्चों को वह अपनी ड्राइंग बुक में उतारना होता। लेकिन आज सर ने बच्चों से अपनी इच्छानुसार कोई भी चित्र बनाने को कहा। बच्चे अपनी ड्राइंग बुक पर झुके थे। पुट्टी, पूजा और कुणाल भी ड्राइंग बनाने में व्यस्त थे। पूजा ने पहाड़ और नदी की ड्राइंग बनाई। कुणाल ने एक बड़ा घर बनाया था। उसने पुट्टी को बताया कि जब उसके पास जादुई शक्ति आ जाएगी तो वह ड्राइंग के घर में घुसकर घर को पूरा रंग देगा।

पुट्टी ने गमले में गेंदे का फूल बनाया था। कुणाल कुछ पल चित्र को देखता रहा। फिर बोला–

“गमला ठीक नहीं है। फूल तो गिर जाएगा?”

“कैसे?” पुट्टी हैरान हो गई। उसे कुणाल का यह कहना बिलकुल भी अच्छा नहीं लगा।

"यह गमला ऐसे कैसे खड़ा रह पाएगा?"

दरअसल पुट्टी ने तिकोना गमला बनाया था। कुणाल कहना चाहता था कि गमला कोने के सहारे खड़ा नहीं रह सकता। गंमले के खड़े होने के लिए आधार का समतल होना जरूरी है। पर वह यह बात पुट्टी को समझा नहीं पा रहा था, लेकिन पुट्टी उसकी बात समझ गई। सच्चाई यह थी कि पुट्टी ने तिकोने गमले कहीं नहीं देखे। पर उसे यह पसंद था। फिर उसने चित्र में गमले को गिराने से बचाने के लिए एक युक्ति अपनाई। उसने गमले के दोनों किनारों पर स्टैंड बना दिए। गमला उन्हीं स्टैंड के बीच में खड़ा था। अब उसे गिरने की कोई जरूरत नहीं थी। क्योंकि उसे सँभालने वाले दोनों स्टैंड उसके साथ थे।

शिक्षक बच्चों की बातें सुनते मंद-मंद मुस्करा रहे थे। इन बच्चों में उन्हें नन्हे आर्किटेक्ट, इंजीनियर, आर्टिस्ट सब नजर आए। उन्होंने तीनों बच्चों की ड्राइंग बुक पर गुड लिखा। बच्चे खुशी से चहक उठे।

12

छुक-छुक गाड़ी का इंजन

बच्चों को पिछले सालभर से इस दिन का इंतजार था। 17 सितंबर को पूरे शहर में विश्वकर्मा पूजा मनाई जाती है। हिंदू धर्म की मान्यता के अनुसार विश्वकर्मा कारीगरी व इंजीनियरिंग के देवता हैं। रेल इंजन कारखाने में जगह-जगह विश्वकर्मा की मूर्तियाँ रखकर पूजा होती है। कारखाने के बाहर मेला भरता था। लेकिन टुटु-पुट्टी के लिए मेले से अधिक कारखाने के अंदर घूमने का आकर्षण था। दोनों यह सोच रहे थे कि वह कैसी जगह होगी जहाँ रेल के बड़े-बड़े इंजन बनते हैं। जब कभी वे कारखाने के सामने से गुजरते तो कारखाने के भीतर देखने की प्रबल इच्छा दबा नहीं पाते थे। पर फेंस की ऊँची दीवार के पार बस टिन की छतें व शेड्स ही दिखलाई पड़ते और गेट पर मुस्तैदी से पहरा देते आर.पी.एफ. यानी रेलवे सुरक्षा बल के जवान। टुटु उन जवानों की राइफल को बहुत उत्सुकता से देखता था। पर यह सब वे दूर से देख पाते थे। आम दिनों में कर्मचारियों के अलावा किसी को भी कारखाने में प्रवेश करने की अनुमति नहीं थी। विश्वकर्मा पूजा पूरे वर्ष का एकमात्र ऐसा दिन है, जब आमजन भी कारखाने में घूम सकते हैं। आकाश बादलों से ढका है। विदा होते मानसून की ठंडी हवाओं ने मौसम को खुशनुमा बना रखा है। कारखाने में जाने के लिए पाँच प्रवेश

द्वार हैं—जी.एम. ऑफिस गेट, टैक्सन मोटर गेट, टाइम ऑफिस गेट, वर्क ऑफिस गेट और रामकृष्ण गेट। पापा बच्चों को टैक्सन मोटर गेट से लेकर गए। प्रवेश द्वार पर आर.पी.एफ. के दो जवान खड़े थे। आज उनके नजदीक से होकर गुजरते हुए टुटु अपना लोभ न सँभाल सका। सबकी नजरें बचाकर वह एक जवान के पास पहुँचा और हाथ बढ़ाकर धीरे से उसकी राइफल को छूने लगा। तभी जवान की नजर उस पर पड़ी। यह देखते ही टुटु पापा और पुट्टी के पास दौड़ पड़ा।

अंदर बहुत भीड़ थी। तरह-तरह के लोग दिख रहे थे। कारखाने के इस हिस्से में 'सोलह' नंबर वर्कशॉप है। पुट्टी-टुटु के पापा यहाँ चार्जमैन हैं। पुट्टी चार्जमैन का अर्थ नहीं जानती, पर उसने पढ़ा था कि शॉप, शॉप मतलब दुकान। तो क्या यह कोई दुकान होगी जहाँ इंजन बेचे जाते हैं? पर नहीं? यह तो कोई बड़ा-सा हॉल था। इस दैत्याकार हॉलनुमा जगह पर आते ही हवा के तेज झोंके ने बच्चों का स्वागत किया। यह दरअसल बहुत बड़ा टेबल फैन था। पुट्टी ने इतना बड़ा पंखा कभी नहीं देखा था। हॉल में ऐसे चार पंखे थे।

खूब बड़ी भारी दिखती अनगिनत मशीनों का जंगल-सा लग रहा था यह कारखाना। रेल की पटरियाँ बिछी हैं जो बाहर प्रांगण में दूर तक फैली दिख रही थीं। पास में भारी-भरकम क्रेन थी। टुटु-पुट्टी अचंभित से हर चीज को आँखें फाड़-फाड़कर देख रहे थे। एक कोने में रंगीन साड़ियों का छोटा-सा पंडाल बना था। पंडाल में विश्वकर्मा देवता की मूर्ति थी। वहाँ खड़े लोग दर्शनार्थियों को प्रसाद थमा रहे थे। प्रसाद लेकर टुटु-पुट्टी, पापा के साथ आगे बढ़ गए। वहाँ कतार से कई इंजन लगे थे। पापा, बच्चों को एक हरे रंग के इंजन के सामने लेकर गए। स्टेशन पर चीखते-चिल्लाते इंजनों के विपरीत ये इंजन बिलकुल चुप और खामोश थे। ऊँचाई पर होने के कारण उसके पायदान तक सीढ़ी लगी थी।

"यह इंजन कितना चुप है न पापा?"

उसे देखते हुए टुटु बोला। शायद उसे यह सुस्त-सा चुपचाप खड़ा इंजन अच्छा नहीं लगा।

"हाँ बेटा, अभी यह पूरा नहीं हुआ न, इसलिए चुपचाप है!" पापा ने हँसकर कहा।

सावधानी से सीढ़ियाँ चढ़ते वे इंजन के भीतर पहुँचे। वहाँ एक छोटे कमरे जैसा बना था। रंग-बिरंगे बटन, ब्रेक, लीवर, हैंडल और भी कई यंत्र दिख रहे थे।

"जब ब्रेक यहाँ पर है, तो चेन खींचने से ट्रेन क्यों रुक जाती है पापा?" पुट्टी ने जिज्ञासा प्रकट की।

"यह ब्रेक तो ड्राइवर का है। पर डिब्बे में लगा चेन यात्रियों की सुविधा के लिए है। यह देखो, यहाँ एक पाइप होता है। यह अभी पूरी तरह नहीं बन पाया है।"

पापा ने इंजन के बाहर निचले हिस्से में दिखाते हुए कहा।

"यह पाइप ट्रेन के सहारे पहियों से जुड़ा होता है। इसमें हवा भरी होती है। 'चेन पुलिंग' होने पर उस डिब्बे के पाइप से हवा निकल जाती है। हवा निकलने से चक्के या पहिए की गति में अवरोध उत्पन्न हो जाता है।"

"ड्राइवर क्या अकेला रहता है यहाँ?" टुटु ने लीवर पर उँगलियाँ फेरते हुए पूछा।

"नहीं, उसका सहायक भी साथ रहता है।"

पहली बार इंजन को भीतर से देख टुटु-पुट्टी बहुत रोमांचित थे। वे एक-एक चीज गौर से देख रहे थे। पुट्टी सोच रही थी कि वो ये बातें पूजा से जरूर बताएगी।

"इतना बड़ा इंजन, पापा अकेले कैसे बनाते हैं?" टुटु ने पुट्टी से फुसफुसाकर कहा। वह अब तक अचंभित था।

छुक-छुक
छुक-छुक
रेलगाड़ी

पापा ने उसकी बात सुन ली। वे हँसते हुए बोले—

"नहीं भाई! यह अकेले आदमी के वश की बात कहाँ है?"

फिर उन्होंने बच्चों को समझाते हुए कहा—

"यह सोलह नंबर वर्कशॉप देख रहे हो न! ऐसे कई वर्कशॉप कारखाने में हैं। उनमें हजारों लोग काम करते हैं। हर शॉप में इंजन के अलग-अलग हिस्से बनते हैं।"

"इस शॉप में क्या बनता है पापा?" दोनों बच्चे एक साथ बोल पड़े।

"यहाँ कुछ नहीं बनता। दरअसल यहाँ परीक्षण किया जाता है। जब इंजन बनकर तैयार हो जाता है, तो उसे डमी बोगी में भरकर यहाँ लाते हैं। उसे जोड़ते हैं। फिर इन पटरियों पर चलाकर उनका परीक्षण किया जाता है कि वह ठीक से काम कर रहा है या नहीं! कोई कमी तो नहीं रह गई।

शॉप में वैसी ही पटरियाँ बिछी हुई थीं जैसे अमूमन स्टेशन पर बिछी होती हैं।

"यह पटरी कितनी लंबी है?" एक पटरी पर चलने का प्रयास करते हुए टुटु ने पूछा।

"अभी ज्यादा लंबी नहीं हैं। इलेक्ट्रिक इंजनों के परीक्षण में असुविधा होने लगी है। इसलिए 'कारखाना प्रबंधन' इसे लंबा करने की योजना बना रहा है।"

बातें करते हुए वे पटरियों के साथ-साथ शॉप से बाहर चले आए। बाहर निकलने पर सूरज की तेजी का एहसास हुआ। बादल छँट जाने से धूप तीखी हो गई थी, लेकिन जगह-जगह शीशम व चिलबिल के पेड़ों की छाँह से राहत थी।

कुछ दूर चलने के बाद पापा ने इशारा करते हुए कहा...

"उधर सात और आठ नंबर वर्कशॉप हैं। सात को 'लाइट मशीन शॉप' कहते हैं। यहाँ हलकी और छोटी मशीनें रखी हैं। आठ को 'हैवी

मशीन शॉप' कहते हैं। उस शॉप में बड़ी और भारी मशीनें रखी जाती हैं। वहीं स्टील फाउंड्री में पहियों की ढलाई होती है।"

यह सुनकर टुटु-पुट्टी मचल गए।

"चलिए न पापा, एक बार वहाँ भी देखेंगे।"

लेकिन बहुत देर हो गई थी। अगली बार देखने की बात कहकर पापा ने मना कर दिया। हालाँकि टुटु-पुट्टी का मन तो नहीं था वापस जाने का, पर वे थक भी तो गए थे। भूख भी लग आई थी। धूप-छाँह से होते हुए वे निकास की तरफ बढ़ रहे थे। वहीं शीशम की झुरमुटों में पास थोड़ी ऊँचाई पर एक बड़ा-सा काला इंजन रखा था। धूप में उसका चमकता गाढ़ा काला रंग कुछ अलग था। उसकी बनावट वैसे रेल इंजनों से भिन्न थी, जैसे इंजन पुट्टी ने अब तक देखे हैं। इंजन के ऊपर गोल चिमनी-सा कुछ है। सामने की बनावट भी कुछ जटिल है। टुटु-पुट्टी उसे अच्छे से देखने के लिए पास चले आए।

"यह स्टीम इंजन का मॉडल है। अब यह इंजन प्रयोग में नहीं है।" बच्चों को उत्सुक देख पापा ने बताया।

"क्यों प्रयोग नहीं होते? कितना सुंदर तो है यह!" पुट्टी को इंजन बहुत पसंद आया था।

"देखो बच्चो! 26 जनवरी, 1950 को हमारा देश गणतंत्र घोषित हुआ। उसी दिन से इस फैक्ट्री में उत्पादन प्रारंभ हुआ।"

बच्चे, पापा की बात सुन रहे थे।

"सबसे पहले यहाँ भाप से चलने वाले इंजनों का उत्पादन होता था। इंजन की भट्टी में कोयला जलने पर जो भाप उत्पन्न होती थी, उसके दबाव से इंजन चलता था। इंजन के ऊपर वह गोल चिमनी देख रहे हो न...वहीं से धुआँ निकलता था।"

"फिर?"

"फिर 1973 में भाप के इंजन बनना बंद हो गए। उनसे तेज चलने वाले डीज़ल इंजन का उत्पादन शुरू हुआ।"

"जैसे हमारा स्कूटर पेट्रोल से चलता है वैसे?" पुट्टी को सब बड़ा दिलचस्प लग रहा था।

"हाँ बिलकुल! लेकिन 1994 में डीजल इंजन का उत्पादन भी बंद हो गया। तब से यहाँ इलेक्ट्रिक इंजन यानी बिजली से चलने वाले इंजन बनते हैं।

"भला बिजली से कैसे ट्रेन चलती है?"

पुट्टी थोड़ी उलझन में थी।

"वैसे ही जैसे बिजली से कूलर, फ्रिज और पंखे चलते हैं! क्या तुमने ट्रेन की खिड़की से पार होते बिजली के खंभे देखे हैं?"

"हाँ!"

"इंजन के सिर पर एक ज्यामितीय आकृति जैसा एक जटिल यंत्र होता है। इसे 'पेंटोग्राफ' कहते हैं। यह बिजली के तारों से जुड़कर बिजली को इंजन तक पहुँचाता है। ठीक वैसे ही जैसे बॉटल में लगी स्ट्रा जूस को तुम्हारे मुँह में पहुँचाती है!"

संभवतः टुटु-पुट्टी पापा की सारी बातें नहीं समझ पा रहे थे। पर उन्हें यह सब जानना रोमांचक लगा। वे यह तो समझ ही गए थे कि इंजन बनाना बेहद मेहनत और जटिलता से भरा काम है। तब ही तो लोग सुगमतापूर्वक दूर-दूर की यात्राएँ कर पाते हैं। पापा के साथ चलते हुए पुट्टी ने मुड़कर इंजन को देखा। शान से खड़ा वह भारी इंजन पुट्टी को देखकर मुस्कराया। उसने आगे बढ़कर आहिस्ता से इंजन को छुआ। यह मानव का गर्व भरा अतीत था जहाँ से चलकर वह आज यहाँ तक पहुँचा है।

"फिर आना।" बंद आँखों से इंजन फुसफुसाया था।

"जरूर आऊँगी। तुम्हारा शुक्रिया।" विदा में हाथ हिलाते हुए वह धीरे से बोली।

यह एक बहुत सुंदर दिन था। पानी वाला बैलून, गेंद, पजल वगैरह मेले से खरीदकर जब वे लौट रहे थे तो पुट्टी बहुत खुश थी। उसने एक नई बात सीखी है। अब जब वह ट्रेन में चढ़ेगी तो इंजन उसे अपना-सा लगेगा। वह जानती रहेगी कि इंजन कैसे काम करता है? कितनी अच्छी बात है! अनायास ही पुट्टी के मन में एक तुकबंदी आई। पापा के स्कूटर पर बैठी वह ठंडी हवा के थपेड़ों के बीच गुनगुनाने लगी।

छुक-छुक छुक-छुक रेलगाड़ी
भारी-भरकम इंजन
इंजन खींचे है डिब्बों को
डिब्बों में बैठे हम।

13

केनपहाड़ी

पश्चिम बंगाल का एक जिला है बर्धमान। बर्धमान जिले में एक छोटा-सा शहर है चित्तरंजन। चित्तरंजन से झारखंड राज्य की सीमा लगती है। झारखंड का जामताड़ा जिला चित्तरंजन से सटा हुआ है। दोनों राज्यों के बीच अजय नदी बहती है। नदी के दूसरी ओर कई गाँव हैं— गंगा सोला, फुटबेड़िया, तारापुर, मोहनपुर इत्यादि। बासंती, नदी पार के गाँव 'केनपहाड़ी' की रहने वाली है। वह पहाड़िया जनजाति की महिला है। पहाड़िया जनजाति का अपना इतिहास है। दो-ढाई सौ साल पहले राजमहल की पहाड़ियों के बीच घने जंगल में पहाड़िया लोग रहा करते थे। वे सीधे-सादे खानाबदोश प्रवृत्ति के लोग थे। वे एक जगह टिककर नहीं रह पाते थे। जंगलों से खाने के लिए वे महुआ के फूल व फल इकट्ठे करते। जंगली झाड़ों से बेर चुनते। कुदाल उनके मेहनती जीवन का प्रतीक है। जंगल की जरूरत भर जमीन साफ करते। झाड़ियाँ व पेड़-पौधे काटकर हटाते थे। घास-फूस जलाने के पश्चात जमीन साफ हो जाती। कुदाल से जमीन का साफ टुकड़ा खुरच-खुरच कर वे उसमें दालें व बाजरे की खेती किया करते थे। वे अपने झोंपड़े इमली के ऊँचे व मजबूत पेड़ों के बीच बनाकर रहते थे। कुछ वर्ष वहाँ खेती करने के बाद वे उस जमीन को

परती छोड़कर जंगल के दूसरे हिस्सों में चले जाया करते थे। इससे छोड़ी हुई जमीन में फिर उर्वरता उत्पन्न हो जाया करती थी। वे अपने जीवन में खुश व मगन थे। जंगल ही उनका घर था। लेकिन ब्रितानी सरकार को पहाड़िया लोगों का इस तरह घूम-घूमकर खेती करना नहीं भा रहा था। अंग्रेज अधिकारी चाहते थे कि पहाड़िया लोग एक जगह टिककर खेती करें। अपनी उपज का एक बड़ा हिस्सा ब्रितानी अधिकारियों को कर के रूप में भरें। लेकिन समूचा जंगल ही जिनका घर हो वे एक जगह टिककर कैसे रह सकते थे? अधिकारियों की आज्ञा का पालन नहीं होने पर अधिकारी पहाड़ियों का दमन करने लगे।

दूसरी ओर ईस्ट इंडिया कंपनी के आमंत्रण पर संथाल लोग जंगलों का सफाया करते, इमारती लकड़ियों को काटते हुए राजमहल के जंगलों में घुसते चले आ रहे थे। संथालों ने निचले पहाड़ों पर अपना कब्जा जमा लिया। वे चावल और कपास की खेती करने लगे थे। इस दोहरी मार से पीड़ित पहाड़ियों को राजमहल के जंगलों में भीतर की ओर भागना पड़ा। कुदाल जहाँ पहाड़िया जनजाति की जीवनशैली का प्रतीक था वहीं संथाल जनजाति कृषि के लिए हल का प्रयोग करती थी। हल और कुदाल के बीच का संघर्ष लंबा खिंचा। पहाड़ियों के बहुत उपजाऊ प्रदेशों पर संथाल जनजाति खेती करने लगे थी। समय के साथ उपजाऊ जमीन के अभाव में पहाड़िया लोग घुमंतू जीवन त्यागकर वहीं आस-पास बसते चले गए।

नदी के इस पार चित्तरंजन में भी कई ऐसे मोहल्ले हैं... फतेहपुर, आमलाडई, सिमजुड़ी, एस.पी. नार्थ, गड्ढा कॉलोनी, हॉस्पिटल कॉलोनी इत्यादि। पुट्टी फतेहपुर मोहल्ले में रहती थी।

बासंती शुद्ध बांग्ला नहीं बोलती। बांग्ला और नागपुरी भाषा का मिला-जुला स्वरूप होता है। जैसे...

"काज टा होंईगेछे।"

"तेल टा पेइंगेछी।"

बासंती के भूरे बालों में सुनहली चमक है। वह बालों के ऊपर कसकर जुड़ा बनाया करती। पुट्टी की मम्मी को बासंती से बहुत स्नेह था। बासंती फुर्ती और ईमानदारी से सारे काम निपटाती थी। वह बहुत मेहनती थी।

सर्दियों की उस ढलती दोपहर में मम्मी पोहा बनाने की तैयारी में लगी थीं। तब मटर छीलते हुए बासंती ने बताया था कि दो दिनों बाद उसकी बेटी का जन्मदिन है।

"तुम्हारी बेटी कहाँ रहती है?" पुट्टी ने हैरान होकर पूछा था।

"मम्मी के पास, घर पर।"

"कभी उसके बारे में बताया नहीं... क्या नाम है उसका?" टुटु पास खिसक आया था।

"नीलू!"

मम्मी ने कहा था—"हम जरूर आएँगे!" यह सुनकर बासंती खुश हो गई। टुटु और पुट्टी भी खुश थे। उन्हें बासंती के गाँव घूमने का मौका जो मिलने वाला था।

14

जंगल जलेबी

पुट्टी के घर से नदी दो किलोमीटर दूर थी। और नदी के पार डेढ़ किलोमीटर भीतर गाँव में बासंती का घर था। नदी से पहले एक छोटा-मोटा जंगल है। जंगल में हनुमान मंदिर था। मंदिर से निकलकर जब वे जंगल की ऊँची-नीची पगडंडियों पर बढ़ रहे थे, तो टुटु ने पेड़ की शाखाओं पर बैठे बंदर देखे। कुछ एक डाल से दूसरी डाल पर उछल रहे थे। मम्मी ने धीरे से कहा था–

"बिना शोर किए चुपचाप बढ़ते रहो।"

यह लाल मिट्टी का इलाका था। कौवे काँव-काँव कर रहे थे। कहीं-कहीं तोते के झुंड दिखाई देते जो टाँय-टाँय करते एक दूसरे से लड़-भिड़ रहे थे...।

सहसा एक लोमड़ी उछलती हुई उनकी नजरों से ओझल हो गई। जंगल के बाहरी हिस्से में जलेबी जैसे दिखने वाले फलों के कई पेड़ थे। टुटु ने मम्मी से पूछा–

"ये कौन-सा पेड़ है मम्मी जिस पर जलेबियाँ फली हुई हैं।"

मम्मी मुस्कराई। फिर उन्होंने टुटु की ओर देखते हुए कहा–

"इस पेड़ के फल जलेबी जैसे दिखते हैं इसलिए इसे जंगल जलेबी कहते हैं।"

"तो इसमें मीठा रस भी होता होगा....जलेबी जैसा!" टुटु ने बड़े उत्साह से पूछा।

"नहीं... ये मीठी जरूर होती है, लेकिन जलेबी जैसा रस नहीं होता।"

"फिर यह कैसी जलेबी है?" टुटु का उत्साह धीमा हो गया था।

"अपने घर में मटर आता है न। इसके फल मटर जैसे ही होते हैं।"

"पर यह तो इमली जैसा दिख रहा है।" पुट्टी ने कुछ अटपटा-सा सवाल किया।

"हाँ बेटा। यह इमली जैसा दिखता है तभी तो इसे 'गंगा इमली' भी कहते हैं।"

कहते हुए मम्मी ने एक पेड़ की निचली शाखा से फलों का गुच्छा तोड़ लिया। उसमें एक लाल और दो हरे फल थे। टुटु और पुट्टी ने जंगल जलेबी का स्वाद चखा। वह दुकान वाली जलेबी की तरह स्वादिष्ट तो नहीं थी, पर हाँ मीठी जरूर थी। उसके अंदर मटर के जैसे अंडाकार छोटे-छोटे बीज थे।

अब वे नदी के पास पहुँच चुके थे। बारिश के मौसम में जहाँ उफनती हुई नदी बह रही थी, अब वहाँ पानी की शांत धारा थी। नदी के एक छोर पर बाढ़ में बह गए पुल का मलबा अटका पड़ा था। नदी के बीच में एक नाव थी। नाव किनारे की ओर आ रही थी। मम्मी टुटु-पुट्टी का हाथ थामे धीरे-धीरे ढलान से उतरीं। अब वे बालू के मैदान में खड़े थे। मम्मी की देखा-देखी टुटु-पुट्टी ने भी अपनी चप्पलें उतारकर हाथों में थाम लीं। बालू सूखा और ठंडा था। थोड़ी दूर चलने के बाद वे पानी तक पहुँचे। पानी शांत और पारदर्शी था। पारदर्शी पानी के तल में पड़े रंग-बिरंगे पत्थर व तैरती मछलियाँ स्पष्ट दिख रही थीं। दोनों ने उन मछलियों को पकड़ने

की भरसक कोशिश की, पर वे हाथ न आईं। वे कुछ देर तट के पानी और मछलियों से खेलते रहे। नाव किनारे आ लगी थी। लोग चढ़ रहे थे। टुट्टु-पुट्टी सावधानीपूर्वक मम्मी का हाथ थामकर नाव पर बैठे। नाव दूसरे किनारे की ओर चल दी।

15

सिद्धू-कान्हू का देस

नाव दूसरे तट पर आ लगी थी। नाव से नदी पार करना टुटु-पुट्टी के लिए बड़ा रोमांचक रहा। मम्मी के साथ सावधानी से चलते वे नाव से उतरे। किनारे पर ढाक, महुआ और चिलबिल के पेड़ कतार से लगे थे।

नदी के दूसरे तट पर एक बड़ा चबूतरा था। चबूतरे पर दो प्रतिमाएँ थीं। कंधे पर धनुष-तीर टाँगे ये प्रतिमाएँ किन्हीं योद्धाओं की लग रही थीं। नीचे उनके नाम लिखे थे। पुट्टी ने अक्षरों को मिला-मिलाकर पढ़ा-सि...द्धू-का...न्हू...सिद्धू-कान्हू।

नदी का शांत जल कल-कल बहे जा रहा था। हलकी धूप में रेत के सुनहरे कण दूर से चमक रहे थे। तेज हवा ने चिलबिल को झकझोर दिया...। व्हूऊऊऊे। पीली-भूरी पत्तियाँ जमीन पर फैल गईं। चबूतरा भी सूखी पत्तियों से भरा था। टुटु-पुट्टी देर तक उन आदमकद प्रतिमाओं को निहारते रहे। प्रतिमाएँ कितनी सजीव प्रतीत हो रही थीं।

“सिद्धू-कान्हू कौन थे मम्मा?”

पुट्टी मुग्ध भाव से उनके धनुष-तीर व भाव-भंगिमाएँ निहारती पूछ बैठी।

"सिद्धू-कान्हू दो वीर भाई थे जिन्होंने ब्रितानी सरकार के अत्याचारों के खिलाफ विद्रोह किया था।"

दुपट्टे से चेहरा पोंछती मम्मी बोली। वे थोड़ी थकी-थकी सी लग रही थीं। पर टुटु-पुट्टी के चेहरे पर थकान का कहीं नामों-निशान तक नहीं था। वे सिद्धू-कान्हू के बारे में और ज्यादा जानने को उत्सुक थे।

मम्मी वहीं एक पत्थर पर बैठ गईं। पुट्टी भी उनके साथ ही बैठ गई थी। टुटु उस बड़े चबूतरे के एक कोने में पैर लटकाकर बैठ गया। मम्मी इतिहास बता रही थीं या कहानी सुना रही थीं। दरअसल वे इतिहास में गुम हो गए सिद्धू-कान्हू की कहानी सुना रही थीं।

इतिहास मानव के बसने-उजड़ने और जीवन-जीने के तरीकों की कहानी है। इतिहास को जानना इसलिए ज़रूरी है कि हम मानव की भूलों को समझ सकें। उसके साहस से प्रेरणा लेकर अन्याय के खिलाफ लड़ना सीख सकें। हूल विद्रोह ऐसे वीर और साहसी भाइयों की कहानी है। पहाड़िया जनजाति के पलायन के बाद एक बड़े प्रदेश को संथालों की भूमि घोषित कर दिया गया। संथाल भी घुमंतू जनजाति थी। इंग्लैंड की ईस्ट इंडिया कंपनी भारत में व्यापार कर रही थी। उसने संथालों को यहाँ बसाना शुरू कर दिया। वे एक जगह टिककर खेती-बाड़ी करने लगे थे। उपज का बड़ा हिस्सा उन्हें कर के रूप में कंपनी को देना होता था। कर वसूली को लेकर मनमानी बढ़ती गई। फसल अच्छी नहीं होने पर भी उन्हें कर देना पड़ता था।

मम्मी बच्चों को आगे बता रही थीं।

वहीं राजमहल की पहाड़ियों के पास एक गाँव है 'भगनाडीह'। भगनाडीह गाँव के लोग बहुत मेहनती थे। खेती करना, जानवरों और मुर्गियों को पालना उनका पेशा था। जंगल ही उनका घर था।

"क्या ऐसा ही जंगल?" नदी के पार जंगल को देखते हुए पुट्टी ने पूछा था।

टुटु गाल पर हाथ रखे ध्यान से सुन रहा था।

"नहीं, इससे भी बड़ा और बहुत घना जंगल।"

जंगल में रहने वाले लोग प्रकृति प्रेमी और सरल स्वभाव के होते हैं। ईस्ट इंडिया कंपनी ने उन पर बहुत ज्यादा कर लगा दिया। मतलब उन्हें अपने खेतों से उगाए गए अनाज का आधा हिस्सा कंपनी को दे देना पड़ता था। नहीं देने पर वे उन पर अत्याचार करते थे। इससे आदिवासी दुखी थे। उसी गाँव में सिद्धू-कान्हू, चाँद और भैरव नाम के चार बहादुर भाई थे। उन्होंने ईस्ट इंडिया कंपनी के विरुद्ध संघर्ष छेड़ दिया। संथालों के ईष्ट देवता बोंगा हैं। बोंगा देवता के हाथ में 20 उँगलियाँ होती हैं। सिद्धू-कान्हू ने गाँव के लोगों को समझाया कि कंपनी को कर न दें। सिद्धू ने कहा कि—"बोंगा देवता उसके सपने में आए थे। सपने में देवता ने कहा कि जमींदार, पुलिस और राज्य के सूदखोरों का नाश हो।" इस संदेश को डुगडुगी पिटवाकर गाँव-गाँव पहुँचवाया गया। फलस्वरूप संथालों ने कर देने से मना कर दिया। सिद्धू-कान्हू का नारा था, "अंग्रेजों हमारी माटी छोड़ो।" कंपनी के खिलाफ लड़ते हुए बहुत-से आदिवासी शहीद हो गए। चाँद-भैरव, सिद्धू-कान्हू को भी सरेआम फाँसी दे दी गई। इस प्रकार सिद्धू-कान्हू, चाँद-भैरव चारों भाई सदा के लिए इतिहास में अमर हो गए।

कहानी खत्म हो गई थी। टुटु-पुट्टी गंभीर हो गए थे। मम्मी ने बच्चों की ओर देखा। इतने गंभीर तो वे कभी नहीं हुए। उन्होंने टुटु-पुट्टी को जल्दी चलने को कहा। बासंती उनका इंतजार कर रही होगी।

16

नानी की नीलू

बातें करते हँसते-गाते बच्चे जब माँ के साथ 'केनपहाड़ी' गाँव पहुँचे तब दोपहर ढलने वाली थी। साल के जंगल से घिरा गाँव केनपहाड़ी। पेड़ों के बीच से एक रास्ता गाँव को जाता था। वही गाँव का मुख्य रास्ता था। रास्ता लाल मोरंग (कंकड़ वाली लाल मिट्‌टी) से बना था। रास्ते पर कुछ जंगली मुर्गे-मुर्गियाँ और तीतर इधर से उधर भाग-टहल रहे थे। गाँव काफी हरा-भरा और साफ-सुथरा था। रास्ते में चार-पाँच घरों के बाद केनपहाड़ी यानी बासंती का घर था। घर के सामने बेल और अमरूद के पेड़ थे। बासंती का घर मिट्‌टी का था। सीधी खड़ी कच्ची दीवारों पर छत लाल रंग के खपरैल की थी। दीवारें चूने और गारे से रंगी थीं। जिन पर नीले, पीले, लाल और सफेद रंगों से फूल और पक्षियों के सुंदर चित्र बने थे। लकड़ी के दरवाजे पर नक्काशी कर फूल-पत्तियाँ और डिजायन बनाई हुई थी। टुटु-पुट्‌टी ने ऐसा दरवाजा अपने रेलवे कॉलोनी के किसी घर में नहीं देखा था। उस दरवाजे के ठीक सामने मालती और लौकी की लताएँ थीं। ऊपर खपरैल वाली छत से कुछ लौकियाँ सामने लटक आई थीं। मालती की लता पर लाल फूलों के गुच्छे हवा संग झूम रहे थे। दरवाजे के समीप ही घर की दीवार से लगा मिट्‌टी का लंबा चबूतरा बना था। मम्मी वहीं

बैठ गईं। टुटु-पुट्टी भी उनके साथ बैठे। मम्मी दीवार पर उकेरे चित्रों को दिखाने लगीं। पूरी दीवार को इस तरह से लीपा गया था कि गोल-गोल सुंदर डिजाइन बन गई थी। ये सारे चित्र बासंती ने बनाए थे। यह जानकर पुट्टी बहुत खुश हुई। कहने लगी–"मुझे भी दीवार की पेंटिंग सिखाओगी न!" बासंती मुस्कराभर दी। थोड़ी देर में वह टुटु-पुट्टी के लिए अमरूद काटकर ले आई। पके-मीठे अमरूद! मम्मी को चाय थमाकर वह वहीं बैठ गई। उनके बीच बातें होने लगीं। थोड़ी देर में एक बूढ़ी महिला गोद में बच्ची को लिए आई। वह बासंती की माँ थी। उनकी गोद में एक सुंदर-सी बच्ची थी। बच्ची की आँखें गहरे नीले रंग की थीं। ललाट पर काले रंग का टीका लगा था। घुँघराले बालों का एक आवारा गुच्छा उसके माथे पर खेल रहा था।

"नीलू! ऐ नीलू..." बासंती ने दुलार से उसका नाम पुकारा।

बच्ची खुशी से पैर पटकती खीं-खीं, खीं-खीं हँसने लगी थी। उसके होठों से दूध की मोटी धार बह चली।

"अभी-अभी इसने दूध पिया है न!" कहते हुए बासंती ने अपने आँचल से उसका मुँह पोंछ दिया।

टुटु-पुट्टी ने जब उसका नाम पुकारा तो अपरिचित आवाजों पर बच्ची हैरानी से आँखें मटकाती हँसती रही। नानी की गोद में मजे से पैर पटकती वह थूक की बौछारों संग मुँह से पर्र-पर्र की आवाजें कर रही थी।

बच्ची को खिलौने और तोहफे थमाकर जब वे वापस लौट रहे थे तब साँझ का सिंदूरी सूरज ताड़ गाछ के पीछे अटका था। नदी में उसका रंग धीरे-धीरे बह रहा था। पुराने पीपल पर अपने-अपने घोंसलों में पक्षी दुबक गए थे। टुटु के हाथ में थैला था जिसमें उसकी मनपसंद दो लौकियाँ मुस्करा रही थीं।

17

दूध के दाँत

कुछ दिनों से पुट्टी तकलीफ में है। उसके सामने का एक दाँत हिल रहा था। वह उसे धीरे से छूती तो लगता कि टूटकर निकल जाएगा...पर निकलता नहीं। अटके दाँत में दर्द था। खाना चबाते हुए दाँत में दर्द बढ़ जाया करता। इसलिए आजकल वह थोड़ी चुपचाप रहने लगी है। बैग कंधे पर टाँगे वह स्कूल को निकली तो सुबह का कुहासा छँट गया था। हलकी-हलकी धूप खिली थी।

वह सीधे रास्ते ही चल पड़ी। मछली बाजार से गुजरते हुए उसने नाक पर हाथ रख लिया। चारों ओर मरी हुई मछलियों की बू फैली थी। दरअसल एक ऊँचे गोल चबूतरे के बीचों-बीच इमली का एक बहुत पुराना और विशाल पेड़ है। पेड़ के नीचे आदमी-औरतें ताजी मछलियाँ व मीट बेचा करते थे। असंख्य मछलियाँ जिनकी आँखें खुली होती थीं। एक दुर्गंध चारों ओर फैलीं रहती। पर पुट्टी जानती है कि अब वे पानी में तैरने वाली मछलियाँ नहीं रहीं। वे बदल चुकी हैं। इसे देखकर पुट्टी का जी घबराने लगता। वह इस सीधे रास्ते से आना-जाना कभी नहीं करती। नाक पर हाथ रखकर पुट्टी जब बाजार से पार हो रही थी तो उसने शर्मा अंकल को देखा। वे मछली खरीद रहे थे। कुछ दिनों पहले पुट्टी के घर चाय पीते हुए उन्होंने पापा से कहा था।

"गाय इतना उपयोगी पशु है। उसे नहीं मारना चाहिए।"

पुट्टी को नदी में तैरती उन चंचल मछलियों की याद आई। मजे से उछलती, पानी में दौड़ती वे नीली-हरी मछलियाँ। वह दुख से भर उठी। उसने पलटकर मछली बाजार को देखा और सोचा...।

"किसी को भी मार देना बुरी बात है। चाहे वह बड़ा जानवर हो या छोटा। चाहे वह बहुत उपयोगी हो या न हो।"

स्कूल में पूजा उसका इंतजार कर रही थी। त्रैमासिक परीक्षाएँ खत्म हो चुकी थीं। जल्द ही दुर्गा पूजा की छुट्टियाँ शुरू होने वाली हैं। लोग जोर-शोर से दुर्गा पूजा की तैयारियों में लगे थे। पुट्टी के स्कूल में दुर्गा पूजा की एक महीने की छुट्टियाँ होंगी। क्लास में आते ही पूजा ने उसे खिड़की से बाहर दिखाया। पूजा-पंडाल बनना शुरू हो गया है। लगभग 20 दिनों में यह पूरी तरह तैयार हो जाएगा..।

"पापा ने मेरी दुर्गा पूजा की ड्रेस खरीद दी है। तुमने ली...?" पूजा ने पूछा। वह यही बताने के लिए पुट्टी का इंतजार कर रही थी।

"मम्मी ने कहा है कि छुट्टियों में खरीदेंगे।"

वे खिड़की से पूजा-पंडाल का बनना देखती रहीं। कुछ देर बाद मैम ने उन्हें बाहर मैदान में चलने को कहा। यह बच्चों के 'खेल-कूद' की घंटी थी।

पुट्टी की जीभ बार-बार उसके हिलते दाँत पर जाकर टिक जाती। ऐसा करने पर थोड़ा दर्द होता, पर मजेदार भी था। मैम ने बच्चों को स्कीपिंग रोप थमा दी। छोटे-छोटे झुंडों में बँटे बच्चे मनचाहे खेलों में सब व्यस्त थे। पुट्टी और पूजा रस्सी कूद रही थीं। सहसा पुट्टी को कुछ अजीब-सा महसूस हुआ। उसने रस्सी पास में रख दी। जीभ से टटोला तो दाँत की जगह खाली थी। अलबत्ता मुँह में कुछ था। उसने हथेलियों पर दाँत उगल दिया। खून से सना वह एक नन्हा दाँत था। पुट्टी थोड़ा डर गई। तभी पूजा ने कहा—

"तुम्हारा दूध का दाँत टूट गया!"

'दूध का दाँत?' पुट्टी हैरानी से हथेली पर रखे दाँत को देख रही थी।

"हाँ, दूध के दाँत। मेरी दादी माँ कहती हैं दूध के दाँत टूटने पर बच्चे बड़े हो जाते हैं। अब तुम भी बड़ी हो गई हो।"

पुट्टी चुपचाप दाँत को देख रही थी। कैसा है यह दाँत। यह मसूड़े में कैसे लगा होगा? वैसे अब उसे दाँत दर्द से राहत मिल गई थी।

"चलो इसे मिट्टी में दबा देते हैं। किसी को दिखाना नहीं।" पूजा ने समझाते हुए कहा।

"क्यों?" पुट्टी अभी दाँत को थोड़ी देर और देखना चाहती थी। पर पूजा की बात सुनकर मजबूरन उसे जाना पड़ा।

"इससे दाँत जल्दी जमेंगे।" पूजा और पुट्टी दौड़ती हुई कम्युनिटी हॉल के दूसरे छोर पर पहुँची। वहाँ एक पुराना कुआँ था। पूजा ने कुएँ के पास की घास खोदकर एक छोटा-सा गड्ढा बनाया। पुट्टी ने मुट्ठी में बंद अपना नन्हा दाँत वहीं दबा दिया।

"मैंने भी अपना दाँत यहीं गाड़ा था।" पूजा ने धीरे से पुट्टी के कान में कहा। पुट्टी संतुष्ट थी कि अब उसके दाँत जल्दी जमेंगे।

18

मिस कटोरी कट

बाल कटवाना पुट्टी को बेहद उबाऊ लगता है। अकसर ही बाल कटवाते हुए वह सो जाती थी, लेकिन अब बात सिर्फ ऊब की नहीं रही। क्लास में कौशल्या और भारती की रिबन में बँधी दो लंबी चोटियाँ देख पुट्टी को भी चोटियाँ करने का बहुत मन होता। वह बाल बढ़ाना चाहती थी। उसे लगता कि चोटियाँ बड़प्पन की निशानी हैं। इसलिए इस बार वह जिद पर अड़ी थी कि बाल नहीं कटवाएगी। पर मम्मी के यह कहने पर कि बाल ज्यादा छोटे नहीं किए जाएँगे। वह मान गई थी।

"मैं ज्यादा छोटे बाल नहीं रखूँगी।"

कमर पर हाथ जमाए उसने फैसला सुनाया था।

रविवार होने के कारण सैलून पर भीड़ थी। बच्चों को सैलून के बाहर बेंच पर बिठाकर पापा ने नाई अंकल से बात की और सब्जी लेने चले गए। सैलून असल में एक छोटा-सा कमरा था। कमरे के आमने-सामने की दीवारों पर दो बड़े आयताकार शीशे लगे थे। कुछ पोस्टर्स व कैलेंडर भी दीवारों पर चिपके थे। कमरे में चार कुर्सियाँ थीं। कुर्सियों की सीट पर रैक्सीन का काला गद्दा था। एक कुर्सी के हत्थों के बीच लकड़ी का चौड़ा पटरा लगा था। वह कुर्सी बच्चों के लिए थी। थोड़ी देर बाद पुट्टी की बारी

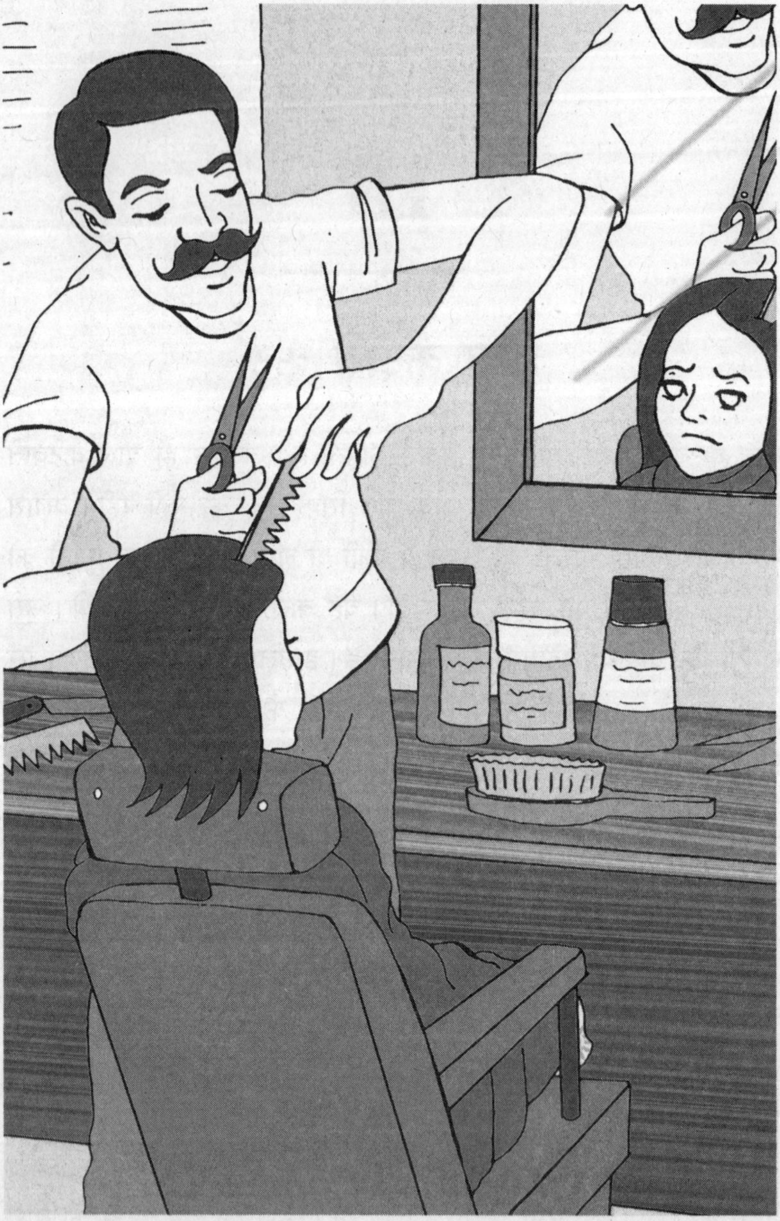

आई। पटरे पर बैठकर वह आईने में देख रही थी। सामने आईने में सीट के पीछे वाला आईना दिख रहा था। पुट्टी एक साथ अपना चेहरा और अपने पीछे के बालों को भी देख पा रही थी। पीछे वाले आईने के अंदर एक और आईना था। उस आईने में भी पुट्टी थी। फिर उसमें भी आईना। उसमें भी एक और पुट्टी। हर आईने में आईना और हर आईने में पुट्टी। अनगिनत आईनों में अनगिनत पुट्टी। नाई अंकल ने सफेद कपड़ा पुट्टी के चारों तरफ लपेट दिया। अब सफेद कपड़े में ढकी हुई पुट्टी का सिर्फ सिर दिख रहा था। नाई अंकल ने पानी का स्प्रे कर उसके बालों को गीला कर दिया। धीरे-धीरे कैंची पीछे बालों की जड़ में और कान के नीचे रेंगने के कारण पुट्टी की पलकें नींद से बोझिल होने लगीं। नाई अंकल तीन उँगलियों से पकड़कर उसके बाल कभी ऊपर उठाते, कभी नीचे की ओर खींचते। काफी देर बाद गर्दन पर स्पंज की थपकी से पुट्टी सचेत हुई। सिर उसे बिलकुल हलका-हलका सा लग रहा था। जैसे गर्दन के पीछे से कोई बोझ उतर गया हो। एक पल को पुट्टी बहुत खुश हुई थी। पर जैसे ही उसकी नजर आईने पर पड़ी उसकी मुस्कान गायब हो गई..।

आँ....! यह क्या?

उसने कुर्सी के पीछे इधर-उधर देखा। काले बालों के गुच्छे बिखरे पड़े थे। उसने फिर आईने में देखा। कान से भी ऊपर छोटे-छोटे बाल! पुट्टी को रोना आ गया। उसे अपने कंधे तक लंबे बाल याद आए। चोटियाँ न सही, पोनी तो बन ही जाती थी। पर अब? चेहरा भी कितना बदला-बदला सा लग रहा था।

“आपने इतने छोटे क्यों किए मेरे बाल?” पुट्टी ने रुआँसे स्वर में पूछा।

“तुम्हारे पापा ने कहा था बिटिया।” नाई अंकल उसकी गोल-गोल आँखों में आँसू देखकर सहम गए।

अब पुट्टी को पापा पर गुस्सा आया। उसने रास्तेभर उनसे बात नहीं की। घर पहुँचकर उसे पापा ने बुलाया तो वह मुँह फुलाए चुपचाप उनके सामने जाकर खड़ी हो गई थी।

"तुम्हारे बाल तो अच्छे लग रहे हैं।" पापा ने पुट्टी की हथेलियाँ थामकर कहा। पुट्टी कुछ नहीं बोली।

"रोज कंघी करते वक्त दर्द होता था न? पापा के पूछने पर उसने धीरे से हाँ में सिर हिला दिया।

"पता है क्यों?" इस बार पुट्टी का सिर न में हिला था।

"क्योंकि तुम्हारे सिर में छोटे-छोटे घाव हो गए थे। ये साफ-सफाई नहीं होने से होते हैं। जब तुम बड़ी हो जाओगी और अपने बालों को साफ और स्वच्छ रख पाओगी तब खूब लंबे बाल रखना। अभी छोटे बाल रखने पर पसीने और धूल की साफ-सफाई में आसानी रहेगी... है न!" कहकर पापा ने उसके गाल थपथपा दिए।

पुट्टी चुपचाप पापा की बातें सुनती रही। उसे बातें समझ में आ रही थीं। पर वह चुप ही रही।

"पता है इस स्टाइल को क्या कहते हैं?

अब पुट्टी ने पापा को ध्यान से देखा था। पापा गंभीर लग रहे थे। मजाकिया बिलकुल नहीं।

"इसे कटोरी कट कहते हैं।"

"कटोरी कट", पुट्टी धीरे से बुदबुदाई। यह शब्द उसे सुनने में अच्छा लगा था।

पापा ने उसे आईने के सामने खड़ा कर दिया। कंघी से धीरे-धीरे बड़े प्यार से उसके बालों को सँवारने लगे। फिर उसके बालों में नया गुलाबी हेयर बैंड लगा दिया। सामने माथे पर झूलते सीधे बाल (जो आँखों से काफी ऊपर ललाट तक ही थे)। एक बराबर गोलाई में कटे बाल सचमुच ऐसे दिख रहे थे जैसे सिर पर बालों की कटोरी औंधी रख दी गई हो।

उसने आईने में ही पापा को देखा। पापा मुस्करा रहे थे।

दूसरे दिन स्कूल जाने से पहले वह रानी के पास गई। उसने स्कार्फ खोलकर रानी से कहा–

"देखो रानी, मेरा नया कटोरी कट स्टाइल।"

रानी टुकुर-टुकुर उसे देखती रही। दुबारा स्कार्फ बाँधकर पुट्टी दौड़ पड़ी। दौड़ने पर बैग पीठ पर उछल रहा था। बैग में रखी किताबें, बॉक्स, टिफिन एक दूसरे से टकराकर बज रहे थे,

ढबर-ढबर-ढबर-ढबर।

चारों तरफ घना कुहरा छाया था। सर अभी क्लास में नहीं आए थे। सब बच्चे व्यस्त थे। कुछ पाठ दुहरा रहे थे। कुछ बातों में लगे थे। पुट्टी ने स्कार्फ खोलकर डेस्क पर रख दिया, लेकिन क्लास में किसी ने भी उसके बालों पर ध्यान नहीं दिया। वह थोड़ी मायूस हुई थी। तभी कैलाश सर के आने पर सारे बच्चे खड़े हो गए। बच्चों को बैठने का कहकर सर हाजिरी लेने लगे। तभी उनकी नजर पुट्टी पर गई। एक पल उन्होंने क्लास के सभी बच्चों को देखा। फिर उनकी नजर डेस्क पर रखे पुट्टी के स्कार्फ पर पड़ी। वे सारी बात समझ गए। उन्होंने मुस्कराकर कहा–

"नया हेयर कट है पुट्टी?"

पुट्टी शर्माती हुई खड़ी हो गई। उसने धीरे से कहा–"हाँ... ये कटोरी कट स्टाइल है सर!"

"ओह! बहुत सुंदर मिस कटोरी कट!" सर ने हँसकर कहा।

फिर तो पूरी क्लास उस दिन पुट्टी को 'मिस कटोरी कट' कहकर बुलाती रही। पुट्टी यह सब सुनकर मन-ही-मन खुश होती रही। बाल छोटे हो जाने की नाजुक-सी चोट बुलबुले की तरह गायब हो गई थी।"

19

प्लानचिट

टुटु-पुट्टी को जासूसी और हॉरर शोज बहुत पसंद थे। जब भी रात में 'इंस्पेक्टर भारत' और हॉरर शोज आते, वे टेलीविजन के सामने से हिलते तक नहीं। हालाँकि मम्मी-पापा उन्हें हॉरर शोज देखने से हमेशा मना करते थे, लेकिन उनके सो जाने के बाद बच्चे उनकी बात भूलकर सीरियल्स देखते। टुटु तो इंस्पेक्टर भारत के तेज दिमाग और साहस से विशेष प्रभावित था। जिस तरह चुटकी बजाते ही इंस्पेक्टर भारत अपराध की गुत्थियाँ सुलझाकर अपराधियों को जेल में पहुँचा देता था। वह टुटु के लिए किसी चमत्कार से कम नहीं होता। हालाँकि हॉरर शोज और जासूसी नाटकों के प्रेमी ये दोनों बच्चे शो खत्म होने के बाद भी उसके असर से नहीं निकल पाते। उन्हें अकेले आँगन में जाने तक से डर लगता था। मम्मी-पापा को उठाने से डाँट पड़ती, सो अलग, टीवी देखना भी बंद करा दिया जाएगा। फिर बहुत सोचने के बाद बच्चों ने इस डर से बचने का एक तरीका ढूँढ़ निकाला। दोनों एक दूसरे का हाथ पकड़े हुए ही कमरे की लाइट ऑफ करते। लेकिन असली समस्या तो तब आती जब दोनों सू-सू करने के लिए जाते। सोने से पहले सू-सू जाने की आदत दोनों की थी। दोनों एक साथ तो जा नहीं सकते थे। लेकिन अकेले जाने का ख़याल

भी डरावना था। फिर इसका भी एक हल दोनों ने निकाला। पुट्टी पहले आँगन में जाएगी और टुटु बरामदे में खड़ा एक से सौ तक गिनती गिनेगा या गाने गाएगा। आवाज उतनी ही ऊँची रहे कि मम्मी-पापा की नींद भी खराब न हो और पुट्टी को उसकी आवाज भी सुनाई देती रहे। इस तरह दोनों बेईमानी और अकेलेपन के भय से बचे रहेंगे। पुट्टी के सू-सू करने के बाद टुटु आँगन में गया। पुट्टी गिनती गिन रही थी...सात...आठ...नौ...दस। सहसा वह चुप हो गई।

"दीदी! दीदी!" टुटु तुरंत ही भय से चीखा।

"मच्छर काट रहे हैं मुझे टुटु। जल्दी करो!" जोरों से पैर खुजलाती पुट्टी ने चिढ़कर कहा।

टुटु फौरन ही वापस आ गया था। दोनों ग्रिल में ताला बंद करके सोने चले गए। बिस्तर पर लेटकर पुट्टी सोच रही थी...।

"टुटु तो हमेशा पुट्टी कहता है, आज कैसे डर के मारे दीदी-दीदी चिल्ला रहा था।" सोचते हुए वह मुस्करा पड़ी।

अगले दिन स्कूल से आने के बाद टुटु-पुट्टी बहुत खुश थे। उन्हें टुटु के दोस्त की बर्थ डे पार्टी में जाना था। शाम होते ही दोनों ने नए कपड़े पहने। कुर्ता-पाजामा पहने टुटु नवाबों की तरह एक कमरे से दूसरे कमरे में टहल रहा था, तो पुट्टी परी वाला फ्रॉक पहने इठला रही थी। इतने सुंदर कपड़ों पर वे स्वेटर पहनना तो कतई नहीं चाहते थे, पर माँ से डाँट खाकर मजबूरन उन्हें स्वेटर पहनना पड़ा। थोड़ी देर बाद माँ उन्हें अर्णव के घर छोड़ आई थीं।

अर्णव के घर खूब हंगामा मचा था। कमरा गुब्बारों और रंग-बिरंगे कंदीलों से सजा था। धीमा संगीत बज रहा था। बच्चे बर्थ-डे हैट्स पहने संगीत पर नाच रहे थे। टुटु ने आगे बढ़कर अर्णव को बर्थ डे विश करते हुए गिफ्ट थमाया। अर्णव ने टुटु-पुट्टी को भी बर्थ डे हैट्स पहना दी। सब

मिलकर नाचने लगे थे। पूरा कमरा संगीत और बच्चों की थिरकन से झूम रहा था। अर्णव के भैया और उनके दोस्त भी बच्चों के साथ नाचने लगे। वे लोग दसवीं में पढ़ते थे। बच्चों की खिलखिलाहट के साथ रंग-बिरंगी कंदीलें भी टिमटिम-टिमटिम मुस्करा रही थीं। पंखे की हवा में गुब्बारे भी मानो नाच रहे थे। तभी यकायक लाइट गुल हो गई। कमरे में घुप्प अंधकार छा गया। संगीत भी खुद-ब-खुद बंद हो गया। किसी ने इमरजेंसी लाइट जलाकर बच्चों को धीरे-धीरे जगह पर बिठाया। अँधेरे में बच्चे शोर करने लगे थे। अर्णव निराश हो गया। बर्थ डे के दिन अँधेरे में चुपचाप बैठना कितना बोरिंग होता है। पर आखिर किया क्या जा सकता था। तभी उसकी मम्मी ने यह सुझाया कि पहले केक काट लेते हैं। नाश्ता बिजली के आने बाद किया जा सकता है।

अँधेरे में मेज पर केक रखकर मोमबत्तियाँ जलाई गईं। अर्णव ने फूँक मारकर छह मोमबत्तियाँ बुझाईं तो टुटु-पुट्टी समेत सारे बच्चे तालियाँ बजाने लगे। 'हैप्पी बर्थ डे टू यू' बधाई गीत से कमरा गूँज उठा। अर्णव ने सभी दोस्तों को केक का टुकड़ा दिया। उसके बाद बड़े लोग नाश्ते की तैयारी करने लगे। अँधेरे कमरे में बच्चों के साथ अर्णव के भैया और उनके कुछ दोस्त ही रह गए थे। भैया और उनके दोस्त बच्चों की भोली-भाली बातें सुनकर हँस रहे थे। अर्णव ने टुटु-पुट्टी को बताया कि इस बार उसे खूब सारे गिफ्ट मिले हैं। कल स्कूल में वह बताएगा कि पैकेट्स के अंदर क्या-क्या था?

"वैसे भैया के पैकेट में क्या है, वो तो मुझे पहले से पता है!" अर्णव ने मुस्कराते हुए कहा।

"क्या है?" टुटु ने उत्साहित होकर पूछा।

"इसमें डेमोन वाला वीडियो गेम है! आई एम द घोस्ट हंटर।"

टुटु चुप हो गया। उसे अर्णव से ईर्ष्या महसूस हुई। उसके पास अभी तक वही सीढ़ियाँ चढ़कर दौड़ते-कूदते प्वाइंट्स जमा करने वाला पुराना 'सुपर मारियो' है। पर वह अर्णव से पीछे रहना भी नहीं चाहता था। उसने तुरंत कहा...

"पता है, मैंने तो सचमुच में एक घोस्ट को मारा है!"

"सच?" अर्णव की आँखें आश्चर्य व उत्तेजना से चौड़ी हो गईं।

अर्णव को हैरान देखकर टुटु बहुत खुश था।

"हाँ, सच में। मैं एक बार रात को सो रहा था। है न! तो मैंने बगीचे में जोर-जोर से हँसने की आवाज सुनी। वह बड़े-बड़े दाँतों वाला घोस्ट था। उसके नाखून भी बहुत बड़े थे। मैं अपने बिस्तर से उठा और उसके पास चला गया। वहाँ जाकर मैंने उसे दो मुक्के जमा दिए...ढिशुम...ढिशुम... बस घोस्ट डरकर आसमान में भाग गया। मैं हूँ 'इंस्पेक्टर भारत'...'पृथ्वी का रक्षक'...याआआआ..." टुटु ने मुट्ठियाँ बाँधकर आसमान में लहराते हुए कहा।

टुटु को डींगें हाँकने की बुरी आदत है। यह बात पुट्टी को बिलकुल भी पसंद नहीं। मम्मी ने कई बार समझाया था कि यह ठीक आदत नहीं। टुटु को इससे बचना चाहिए। पर टुटु इतना शैतान है न! किसी की बात नहीं मानता। अर्णव के भैया दूर से यह कौतुक देख रहे थे। वे उनके पास चले आए। उन्होंने बच्चों से पूछा—

"तुममें से किस-किस को अँधेरे से डर लगता है?"

कुछ बच्चों ने 'हाँ' में सिर हिलाया।

"और घोस्ट से?.... क्या तुम लोगों ने आत्मा को देखा है?"

भैया के इस सवाल पर ज्यादातर बच्चे खामोश रह गए। पुट्टी कुछ कहना चाहती थी कि टुटु और अर्णव ने एक साथ कहा—"नहीं, हमें डर नहीं लगता।"

"पक्का?" भैया के एक दोस्त ने दुबारा पूछ लिया।

"हाँ, पक्का।" बच्चों ने उसी दृढ़ता के साथ जवाब दिया।

"अच्छा तो चलो 'प्लानचिट' करते हैं!"

'प्लानचिट क्या होता है?' छोटे बच्चों के लिए नई बात थी।

"प्लानचिट यानी स्पीरिट कॉलिंग। आत्माओं को बुलाना...हम किसी अच्छी आत्मा को बुलाएँगे।"

बच्चे तैयार हो गए। टुटु-पुट्टी भी। जल्द ही अँधेरे कमरे में एक चौकोर बोर्ड रख दिया गया। उसके चारों कोनों पर मोमबत्तियाँ जला दी गईं। टुटु-पुट्टी अर्णव और उसके भैया आमने-सामने बैठ गए। सच बात तो यह थी कि टुटु-पुट्टी भीतर-ही-भीतर बहुत डरे हुए थे। लेकिन यहाँ सबके सामने डरपोक कहलाना उन्हें मंजूर नहीं। बोर्ड पर 'ए से जेड' तक अक्षर लिखे हुए थे। बीच में एक कप था। भैया ने समझाया कि जिसकी आत्मा को बुलाना हो, उसकी तस्वीर के सामने आँखें बंदकर पूछते हैं—'कोई आत्मा आस-पास है क्या?, ऐसा करने से आत्मा आ जाती है।' पर सवाल यह था कि किसकी आत्मा बुलाई जाए? अर्णव ने कहा कि दादाजी को बुलाते हैं। क्योंकि मैं उनसे मिलना चाहता हूँ। अर्णव के भैया इस बात से सहमत हो गए। वे बेडरूम से अपने दादाजी की तस्वीर उतार कर ले आए। मेज पर उस तस्वीर को चौकोर बोर्ड के बीच में रखा गया। मोमबत्ती उसके सामने जल रही थी। उसके चारों ओर प्लानचिट प्लेयर्स ने एक-दूसरे का हाथ थामकर बोर्ड की घेराबंदी कर दी। सभी से आँखें बंद करके दादाजी की आत्मा को बुलाने के लिए कहा गया। बाकी बच्चे मेज से दूर अपनी-अपनी कुर्सियों पर जमे थे। मेज पर जलती मोमबत्तियों को छोड़ शेष कमरे में अँधेरा था। प्लानचिट प्लेयर्स आत्मा को बुला रहे थे। कमरे में धीरे-धीरे खामोशी पसरने लगी थी। कमरे के बाहर हवाओं का शोर बढ़ने लगा था। अचानक खिड़की के पल्लों के खड़खड़ाने की आवाज

आने लगी। प्लेयर्स ने आँखें बंद की हुई थीं। उनकी हथेलियाँ एक दूसरे के साथ भींच गई थीं। आवाज बढ़ती ही जा रही थी।

"ठक...ठक...ठक"

बच्चे भयभीत हो गए। इसे अब बीच में छोड़ा भी नहीं जा सकता था।

अचानक कमरे के किसी कोने से एक लड़की की महीन डरावनी आवाज आई थी...।

"मुझे क्यों बुलाया है?"

"कौन हो तुम? हमने तुम्हें नहीं बुलाया।" भैया आँखें बंद किए बोल रहे थे।

प्लेयर्स को घेरकर बैठे बच्चे भय से चीखने वाले थे कि भैया ने चुप रहने का इशारा किया। वे एक दूसरे से एकदम सटकर बैठ गए। भयभीत बच्चे अँधेरे कोने की तरफ देख रहे थे। अचानक मेज के चौकोर बोर्ड पर रखा कप हिला। अब वह अंग्रेजी के "S" अक्षर पर ठहरा था।

"दादाजी का नाम मदन मोहन था न भैया।" अर्णव ने पूछा।

"हाँ।" भैया ने सहमति दी।

"मतलब इस कप को 'M' पर होना था..." अर्णव परेशान हो उठा था।

"फिर इस "S" का क्या मतलब है?" भैया ने चौंककर पूछा।

"S"...मतलब सीमा तो नहीं, जिसने पिछले साल गोलघर के पास वाले क्वार्टर में फाँसी लगा ली था। जिसकी आत्मा आज भी रात में गोलघर में भटकती है। भैया के दोस्त बोल उठे।

"अरे हाँ! दसवीं बोर्ड में कम मार्क्स आए थे न उसके, इसलिए।" भैया बोल उठे।

कमरे में बिलकुल सन्नाटा छा गया। हर बच्चा किसी-न-किसी का हाथ थामे हुए था। कोई भी अकेला नहीं होना चाहता था।

"इसका मतलब कि ये तुम्हारे दादाजी की आत्मा नहीं है अर्णव!" टुटु बोल उठा। वह इस ठंड में पसीने-पसीने हो रहा था।

"ये गलत आत्मा आ गई है। बंद करो इसे बुलाना।" भैया ने कहा। सबने अपनी आँखें खोल दीं। बीते हुए कुछ मिनटों ने बच्चों की सिट्टी-पिट्टी गुम कर दी थी। वे यह भी नहीं देख पाए कि अर्णव के भैया और उनके दोस्त बिना आवाज धीमे-धीमे हँस रहे थे।

अचानक बिजली भी आ गई। बच्चों की जान में जान आई। रंग-बिरंगी कंदीलें फिर से रोशन हो गई थीं। मिठाइयाँ और नमकीन देखकर वे अभी गुजरे डरावने क्षण भूल गए। माहौल में हँसी-ठहाके फिर गूँजने लगे। संगीत फिर बजने लगा था।

पर टुटु-पुट्टी के लिए यह सब आसान नहीं था। दरअसल उनके क्वार्टर का रास्ता गोलघर से होकर जाता था। साढ़े आठ बज रहे थे। नाश्ता करते हुए भी टुटु-पुट्टी चुप ही रहे। वास्तव में वे बुरी तरह परेशान थे। कुछ देर बाद मम्मी उन्हें लेने आ गईं। थोड़ी जिद और मनुहार के बाद वे उस रास्ते से घर चलने को तैयार हो गईं जो थोड़ा लंबा था। पर टुटु-पुट्टी को इस बात की संतुष्टि थी कि वे गोलघर वाले रास्ते से नहीं जा रहे। ठंडी हवाएँ तीर की तरह चुभ रही थीं। वे डैम के पास से बातें करते हुए गुजर रहे थे। सर्दियों की सन्नाटे भरी रात थी। सड़क पर इक्का-दुक्का लोग ही दिख रहे थे। माँ का हाथ थामे बच्चे चुपचाप चले जा रहे थे। टुटु को मानो बार-बार वही आवाज सुनाई पड़ती...।

"मुझे क्यों बुलाया है?"

मम्मी के हाथ पर टुटु की पकड़ मजबूत हो गई थी। उस वक्त वह बहुत डर गया था। पर अब उसे डर नहीं लग रहा। मम्मी के साथ होने

पर वह आश्वस्त था। उसकी नजरें डैम के पानी में झिलमिलाती अनगिनत रोशनियों में उलझी हुई थीं। डैम के किनारे सड़क पर एक कतार से स्ट्रीट लाइट्स जगमगा रही थी।

"मम्मा, डैम में बत्ती कैसे जल रही है?" टुटु असमंजस में था। यह किसी जादू जैसा दिख रहा था।

"डैम में रोशनी नहीं जल रही, बल्कि सड़क किनारे लगी स्ट्रीट लाइट्स की छाया डैम के पानी पर झलक रही है।" मम्मी ने हँसते हुए कहा। उनकी बात सुनकर टुटु ने अजीब-सा चेहरा बनाया। मानो यह बात उसे नहीं जँची हो। उसने सोचा कि मम्मा को तो पता ही नहीं। बत्ती तो डैम के अंदर ही जल रही है। जरूर उन पर पॉलीथिन लपेटकर डैम के अंदर जलाया गया होगा। तभी तो कितनी रंग-बिरंगी रोशनियाँ हैं डैम के अंदर...और बल्ब भी भीगते नहीं। टुटु को अपना यह विचार बहुत पसंद आया।

पुट्टी मम्मी और टुटु की बातें सुन जरूर रही थी। पर उसके मन में कुछ और ही चल रहा था। मम्मी काफी देर से उसका अनमनापन भाँप रही थीं।

"क्या हुआ बेटा? इतनी चुप-चुप क्यों हो?"

"ऊँ-हूँ" पुट्टी ने न में सिर हिला दिया।

"कुछ तो है।" उन्होंने प्यार से उसके सिर पर हाथ फेरा।

"क्या परीक्षा में फर्स्ट आना जरूरी होता है मम्मा?"

पुट्टी की बात सुनकर मम्मी चौंकी जरूर, पर प्रकट रूप में मुस्करा कर उन्होंने कहा।

"नहीं! ऐसा बिलकुल जरूरी नहीं होता।"

"फिर सीमा दीदी...?"

अब उन्हें पूरी बात समझ में आ गई थी। उन्होंने पुट्टी को प्यार से देखते हुए कहा।

“क्या है न बेटा! अपने जीवन में बहुत सारी परीक्षाएँ देनी होती हैं। कभी पुट्टी फर्स्ट आएगी, कभी टुटु... तो कभी कोई और....हमें परीक्षाओं की बस तैयारी पूरी रखनी चाहिए।”

पुट्टी के साथ-साथ टुटु भी चलते-चलते मम्मी की बात समझने की कोशिश कर रहा था।

सड़क के किनारे एक कतार से लगे खंभों पर टँगी बत्तियाँ सुंदर दिख रही थीं। एकाध खंभों के नीचे अँधेरा था। बेशक बच्चे अभी सब कुछ न समझ पाए हों। पर ये बातें यदि उन्हें बड़े होने तक याद रह जाएँ तो वे समझ पाएँगे कि बत्तियों का जलते रहना बहुत जरूरी है... ताकि प्रकाश बना रहे।

20

मिशन गोलघर

पुट्टी स्कूल से वापस आई ही थी कि टुटु भागता हुआ उसके पास आ गया। उसके हाथ जूठे थे। शायद वह खाना खाने बैठा था।

"पता है पुट्टी कल कोई भूत-वूत नहीं था।" उसने हाँफते हुए बताया।

"क्या मतलब?" बैग सोफे पर रखकर पुट्टी ने जूते उतारते हुए पूछा।

"मुझे अर्णव ने बताया कि कल कोई आत्मा नहीं आई थी। भैया हम सबको बुद्धू बना रहे थे।"

"ओ हो!" पुट्टी ने कुछ सोचते हुए कहा। फिर बोली–

"चलो, आज हम लोग गोलघर के भूत का पता लगाएँगे। सर कहते हैं भूत-वूत कुछ नहीं होता।"

टुटु एक पल डरा। फिर हैरत से पुट्टी को घूरने लगा।

"तुम पागल हो पुट्टी!"

वैसे पुट्टी जानती है कि टुटु को हमराज बनाना जोखिम भरा काम है। कहीं भी थोड़ा जोखिम होने या दबाव पड़ने पर वह सारे सीक्रेट्स खोल देता है। लेकिन पुट्टी जो कुछ भी सोच रही थी, वह अकेले के वश

का नहीं है। थोड़ा-बहुत डर जो है वो तो है ही। लेकिन रात में भूत का पर्दाफाश करने के ख़याल से वह इतनी रोमांचित और उत्साहित थी कि अपनी खुशी टुटु से छिपा नहीं पाई।

"क्या बोलती हो? रात में?" डर के मारे टुटु का मुँह खुला का खुला रह गया।

"क्यों बच्चू? कल तो अर्णव के यहाँ बहुत हीरो बन रहे थे...घोस्ट हंटर बनकर...तुमको नहीं जाना तो मत जाओ।" टुटु के डरने से पुट्टी चिढ़ गई थी।

"नहीं-नहीं। तुम भी मत जाना। वर्ना मैं मम्मी-पापा को बता दूँगा।" टुटु ने धमकी दी।

अब पुट्टी सचमुच गुस्सा हो गई थी।

"बता दोगे? अच्छा तो जरा मेरा बिजली वाला पेन भी वापस कर दो।"

बिजली वाला पेन का नाम सुनते ही टुटु का चेहरा उतर गया। दरअसल पुट्टी की दोस्त पूजा के चाचा दुबई से जलने-बुझने वाले दो पेन लेकर आए थे। पूजा ने पुट्टी के जन्मदिन पर उसे एक पेन भेंट कर दिया। टुटु को वह पेन बहुत पसंद था। बहुत दिनों तक उसने पुट्टी की हरेक बात मानी। बहुत सारी शैतानियों की चुगली मम्मी-पापा से नहीं की। बहुत सारी खुशामद के बाद आखिरकार पुट्टी ने वह पेन टुटु को दे दिया। टुटु पेन पाकर बहुत खुश था। आज टुटु से पुट्टी ने वह पेन माँग लिया था। अब या तो वह पेन पुट्टी को वापस करता या फिर रात को उसके साथ बाहर जाता। वैसे भी वह पुट्टी को रात में अकेले बाहर नहीं जाने देना चाहता था। आखिरकार उसने कहा–

"ठीक है। मैं भी चलूँगा।"

तय हुआ कि साहसपूर्ण काम को शनिवार की रात को अंजाम दिया जाएगा। शनिवार को टुटु-पुट्टी ने कोई शैतानी नहीं की। न तो वे एक दूसरे से लड़े, न पढ़ाई के वक्त में ढील बरती और तो और धूल सने चप्पलों से उन्होंने घर की फर्श को गंदा भी नहीं किया।

पापा बीच रात में कभी एक बार बाथरूम या पानी पीने के लिए उठते थे। कभी-कभी नींद टूटने पर पुट्टी रजाई में दुबकी बरामदे से आती आवाजें सुनती रहती थी। कभी फिल्टर से पानी निकालकर गिलास रखे जाने की आवाज या फिर ग्रिल पर ताला लगाए जाने की आवाज। आखिर में नाईट बल्ब की रोशनी में पुट्टी पापा के दरवाजे से अपने कमरे में झाँकते देखती थी। टुटु अकसर नींद में रजाई पैर से दूर फेंक देता था। पापा दोनों को अच्छे से लिहाफ ओढ़ाकर सब इतमीनान कर लेने पर ही सोने जाते थे।

टुटु-पुट्टी ने तय किया कि पापा के बाथरूम से लौटने के बाद ही वे अपना अभियान शुरू करेंगे। इस रात्रि अभियान के लिए सबसे जरूरी चीज थी टॉर्च जिसे उन्होंने पहले ही अपने कमरे में छिपा दिया था। खाना खाकर वे उस रात जल्दी ही सोने चले गए।

पुट्टी की नींद अचानक ही टूटी थी जब किसी ने उसे गर्म रजाई ओढ़ाई थी। उसने अँधेरे में उनींदी आँखें खोलकर देखने का प्रयास किया। पापा दोनों बच्चों का लिहाफ ठीक कर रहे थे।

“शायद पापा बाथरूम से आ गए।” पुट्टी ने मन ही मन सोचा। पुट्टी का माथा सहलाकर पापा कमरे से चले गए। पापा के जाते ही पुट्टी रजाई हटाकर फौरन उठ बैठी। उसने टॉर्च जलाकर समय देखा। साढ़े बारह बजे थे।

“टुटु-टुटु!”

टुटु कुनमुनाया, फिर मुँह फेरकर सो गया। पुट्टी को गुस्सा तो बहुत आया, पर वह कर भी क्या सकती है। उसने टुटु की रजाई सरका दी। वह ठंड से सिकुड़ गया। पुट्टी उसके कान में फुसफुसाई–

"टुटु उठ जाओ... 'मिशन गोलघर' पर चलना है।"

इतना कहकर उसने टुटु की बाँह पर चिकोटी काट ली। टुटु हड़बड़ाकर उठ बैठा–"आह!"

"शृश्...चुप!" पुट्टी ने उसके मुँह पर हाथ रखकर धीरे से कहा।

अब तक टुटु पूरी तरह जाग चुका था। उनके कमरे का दरवाजा अंदर बरामदे में खुलता था। उन्होंने तय किया कि आँगन से होते हुए पिछले दरवाजे से निकला जाए। पुट्टी ने कमरे का नाईट बल्ब बुझा दिया। उसने धीरे से दरवाजा आधा खोलकर मम्मी-पापा के कमरे में झाँका। दिनभर के कामों से थकी मम्मी बेसुध सो रही थीं। पापा की पीठ दिख रही थी। पर उनके पलंग पर लेटने के तरीके से साफ जाहिर था कि वे गहरी नींद में थे। पलंग के पास शो-केस था। शो-केस के बाजू में ग्रिल की चाबी लटकी थी। पुट्टी चुपके से वह चाबी वहाँ से निकाल लाई। धीरे से ग्रिल का ताला खोलकर वे आँगन में चले आए। मम्मी-पापा के जागने के भय से उन्होंने आँगन की लाइट नहीं जलाई। ग्रिल सटाकर वे टॉर्च की रोशनी में आगे बढ़े। सहसा आम की डाल से कोई पंक्षी तेजी से पंख फड़फड़ाता उड़ा। टुटु ने पुट्टी का हाथ कसकर पकड़ लिया।

"अरे कुछ नहीं होगा बुद्धू। डरो मत।" पुट्टी फुसफुसाई।

रानी के घर में पिछला दरवाजा था। दोनों टाट का पर्दा हटाकर जब अंदर घुसे तो रानी और शीतल अपने-अपने पेट में मुँह छिपाए सो रही थीं। उनकी देह पर टाट का लिहाफ था। रानी तो पूर्ववत सोई रही। अलबत्ता बच्चों की आहट व टॉर्च की रोशनी से चौंककर शीतल ने अपना सिर उठाया। रात के इस पहर टुटु-पुट्टी को देखकर वह हैरान रह गई। वह आशंकित-सी बच्चों को देखती रही। पुट्टी डर गई...

"कहीं यह मूडी शीतल रँभाने न लगे।"

उसने कोमलता से उसकी गर्दन और देह थपथपा दी। आश्वस्त होकर शीतल वापस पेट में मुँह घुसाए सो गई। दोनों दरवाजा खोलकर निकले और बाहर से कुंडी चढ़ा दी। यह क्वार्टर का पिछला हिस्सा था। यहाँ बेतरतीब घास और जंगली झाड़ियाँ उगी थीं। झाड़ियों को पार करते हुए वे क्वार्टर के सामने के हिस्से में पहुँचे। स्ट्रीट लाइट्स की रोशनी से वह हिस्सा रोशन था। आराम से मेन गेट खोलकर दोनों बच्चे अब सड़क पर थे।

दिसंबर का तीसरा हफ्ता था। सर्दी उफान पर थी। घर से निकलकर खुले में आने के बाद दोनों को सर्दी की तेजी का एहसास हुआ। पुट्टी ने टुटु का मफलर उसके सिर पर अच्छे से कस दिया। अपने स्कार्फ में भी उसने दुहरी गाँठ लगा दी।

चारों ओर कुहरे की घनी चादर थी। चंदा मामा भी मानो कुहरे की घनी परतों के पीछे धीमे-धीमे चमक रहे थे।

"ठंड लग रही है टुटु?" पुट्टी ने बड़प्पन से पूछा।

"ना... ठंड कहाँ है?" टुटु ने बहादुरी से जवाब दिया।

बहादुर की सीटी और लाठी ठकठकाने की आवाजें कहीं नजदीक से आ रही थीं। शायद वह 53 या 54 नंबर स्ट्रीट में होगा। वहाँ से रिवर रोड आने में उसे कम-से-कम दस मिनट तो लगेंगे ही। पुट्टी ने टुटु का हाथ खींचते हुए कहा—

"चल!"

जतिन दास के मकान के बाद एक गलीनुमा सड़क थी। गली के बाद दो क्वार्टर्स का सेट है। उसके बाद खाली जमीन है। गलीनुमा सड़क का कोई नंबर नहीं था। वहाँ हमेशा अँधेरा ही रहता था... गाढ़ा अँधेरा। हालाँकि बिजली विभाग के लोग कई बार आकर वहाँ बिजली के तार

एवं बल्ब लगा गए थे। पर कुछ दिनों बाद ही जाने कैसे बल्ब फूट जाते, बिजली के तार कटे-फटे मिलते... और गली पहले की तरह अँधेरे में डूब जाती थी। दोनों भाई-बहन अँधेरी गली में आगे बढ़ रहे थे। कभी-कभी तेज ठंडी हवा चलती तो टुटु दोनों हाथ सीने पर बाँध लेता था। सन्नाटे में बस उनकी पदचाप गूँज रही थी। और कहीं कोई आवाज नहीं थी। एक-दूसरे का हाथ थामे टॉर्च की रोशनी में उन्होंने वह अँधेरा हिस्सा पार कर लिया। दोनों ने मुस्कराकर एक दूसरे को देखा।

रास्ते में आवारा कुत्ते जोर-जोर से भौंक रहे थे। एक कुत्ता टुटु के पीछे लपका। टुटु, पुट्टी के पीछे दुबक गया। पुट्टी ने डंडा दिखाया तो वह 'कूँ-कूँ' करता भाग गया। कुछ दूर आगे बायीं ओर कुहरे में डूबा धुँधला-सा गोलघर दिख रहा था। वे दोनों तेजी से उस तरफ बढ़ने लगे। जैसे-जैसे वे दोनों गोलघर की तरफ बढ़ रहे थे क्वार्टर्स की सघनता कम होती जा रही थी। कुछ देर बाद ही ताड़ के ऊँचे पेड़ों से घिरा गोलघर स्पष्ट नजर आने लगा। मुख्य सड़क से दस मीटर कच्ची पगडंडी के रास्ते पर चलने के बाद वे गोलघर के सामने खड़े थे। स्ट्रीट लाइट दूर होने की वजह से यहाँ बहुत कम प्रकाश था। ताड़ के पेड़ों की वजह से गोलघर के पीछे घुप्प अँधेरा-सा था। दूर डैम के पानी में रंग-बिरंगी बत्तियाँ खामोशी से झिलमिला रही थीं। जंगल में सियारों की हुआँ-हुआँ की आवाजें गूँज रही थी। टॉर्च जलाकर बच्चों ने डरते-डरते गोलघर का एक पूरा चक्कर लगाया, पर अंदर देख पाने का कोई जरिया नहीं था। दरवाजे पर ताला लगा था और खिड़कियाँ बहुत ऊँची थीं। पुट्टी ने आस-पास पड़ी ईंटों को जमाकर ऊँचा कर दिया। लेकिन उस पर चढ़कर भी वे खिड़की से काफी नीचे थे। अब क्या किया जाए?

तभी टुटु की नजर सड़क के कोने में बिजली के खंभे से टिकी सीढ़ी पर पड़ी।

"पुट्टी वह देखो!" उसने पुट्टी को दिखाया।

फिर दोनों ने सीढ़ी को खंभे से हटाकर धीरे-धीरे नीचे रख दिया। सीढ़ी काफी पुरानी और हलकी थी। लेकिन छह और आठ साल के बच्चों के लिए उसका वजन ठीक-ठाक था। दोनों सीढ़ी के दो छोर पकड़कर धीरे-धीरे कच्चे रास्ते पर बढ़ चले। दस मीटर का फासला उन्होंने जैसे-तैसे पूरा किया। भीषण सर्दी में भी वे पसीने से तर हो गए। टुटु ने अपना मफलर खोलकर जैकेट की जेब में खोंस लिया। सीढ़ी को गोलघर की खिड़की से टिकाकर रखने के बाद पुट्टी ने कहा–

"पहले मैं चढ़ती हूँ। तुम सीढ़ी पकड़े रहना।"

टुटु ने नीचे कसकर सीढ़ी पकड़ ली। पुट्टी इससे पहले कभी ऐसी सीढ़ी पर नहीं चढ़ी थी। धीरे-धीरे सँभलकर वह ऊपर चढ़ी। अंदर बिलकुल अँधेरा था। एक बारगी वह डरी। उसे कैलाश सर की बात याद गई..।

"भूत-वूत कुछ नहीं होते। अगर तुम नहीं डरोगे तो कोई तुम्हें नहीं डरा सकता।"

पुट्टी ने खिड़की से टॉर्च जलाई। कमरा अंदर से भी गोल ही था। छत से एक बड़ा सीलिंग फैन टँगा था। एक कोने में 'महिला-समिति' के पोस्टर्स-बैनर्स रखे थे। दूसरी तरफ मेज-कुर्सियाँ, तबला, सितार, हार्मोनियम खामोश पड़े थे। पापा ने बताया था कि यहाँ दिन में डांस क्लास चलती है।

हालाँकि आते वक्त पुट्टी थोड़ी डरी हुई जरूर थी। पर भूतों का पर्दाफाश करने के ख़याल से रोमांचित भी थी। लेकिन यहाँ कुछ भी अलग-अजीब देखने को नहीं मिला।

"क्या दिख रहा है अंदर?" टुटु नीचे से फुसफुसाया। उसकी आवाज में उत्सुकता और डर की स्पष्ट झलक दिख रही थी।

"कुछ नहीं, तुम खुद ही देख लो।" कहकर पुट्टी ने उतरकर टॉर्च टुटु को थमा दी।

"अंदर तो सब चुपचाप हैं। भूत तो दिखा ही नहीं।" टुटु ने उतरते हुए कहा।

टुटु-पुट्टी खड़े यह सोच ही रहे थे कि अब वापस चलना चाहिए। तभी किसी के सिसकने की आवाज सुनाई दी। साथ ही धीमे-धीमे रोने की भी। टुटु-पुट्टी ने एक दूसरे का हाथ पकड़ लिया। सिसकियों की आवाज ने उन्हें डरा दिया।

"ये सीमा की आवाज लगती है?" हमने गोलघर में झाँककर उसे जगा दिया है? टुटु बदहवास-सा बोल पड़ा। पुट्टी भी एक क्षण के लिए घबरा-सी गई। उसने टुटु को चुप रहने और हिम्मत से काम लेने को कहा।

वह टुटु का हाथ थामे आवाज की दिशा में बढ़ने लगी। सिसकियों की आवाज गोलघर के विपरीत दिशा से आ रही थी। आवाज का पीछा करते-करते वे मुख्य सड़क पर आ गए। 55 नंबर स्ट्रीट के कोने वाले क्वार्टर की खिड़की खुली थी। खिड़की में रोशनी नजर आ रही थी। आगे बढ़ने पर यह स्पष्ट हुआ कि आवाज उसी क्वार्टर से आ रही है।

"यह तो सलमा का क्वार्टर है।" टुटु चौंक उठा। सलमा टुटु के साथ ही रिक्शे से स्कूल जाती है। कितनी सुंदर है सलमा, लेकिन कभी होमवर्क करके नहीं लाती।

आस-पास के सभी क्वार्टर अँधेरे में डूबे खामोश थे। सलमा के क्वार्टर का दरवाजा बंद था। क्वार्टर के सामने पीपल का एक पुराना पेड़ था तेज सर्द हवाओं के चलने पर पीपल की पत्तियों में सरसराहट-सी हो रही थीं। बीच-बीच में सियारों का रूदन जारी थी। टुटु ने धीरे से गेट खोला। हलकी-सी आवाज हुई थी। उन्होंने बंद दरवाजे की झिर्रियों से झाँकने की कोशिश की। पर कुछ नहीं दिखा। तभी पुट्टी ने बागान की तरफ इशारा किया। वे खिड़की की ओर बढ़े। पीपल के सूखे पत्ते उनके कदमों तले कुचले जाने से चर्र-चर्र की आवाज कर रहे थे। कमरे से सिसकने की

आवाजें आ रही थीं। उन्होंने खिड़की से अंदर झाँका। कमरे में एक स्त्री बैठी रो रही थी। एक आदमी लड़खड़ाता हुआ आया और स्त्री के बाल खींचकर चिल्लाने लगा...।

"तीन-तीन बेटियाँ पैदा कर दीं। एक बेटा नहीं दे सकती थी।"

सलमा और उसकी छोटी बहनें डरी-सहमी सी एक कोने में खड़ी थीं। फर्श पर औंधी थाली से खाना बिखरा पड़ा था।

"सलमा के पापा कितने गंदे हैं न!" टुटु फुसफुसाया।

"बहुत गंदे!" पुट्टी भी गुस्सा थी।

"मैं बड़ा होकर इंस्पेक्टर भारत बनूँगा और सलमा के पापा को जेल में डाल दूँगा।" इतना कहकर टुटु रुका नहीं। वह गेट की ओर दौड़ा। एक बड़ा-सा पत्थर उठाकर उसने पूरी ताकत से उस क्वार्टर के बंद दरवाजे पर दे मारा.... 'धड़ाक'।

तुरंत अंदर से एक भारी कर्कश आवाज गूँजी।

"कौन है?"

टुटु-पुट्टी सरपट बाहर भागे। जी-जान छोड़कर वे भागे चले जा रहे थे।

अचानक ही उनके कदमों में ब्रेक लग गई। सामने बहादुर खड़ा था। उसके गर्दन में सीटी लटकी हुई थी। एक हाथ में डंडा था। टॉर्च से उनके चेहरों पर रोशनी फेंकते हुए उसने बच्चों को पहचानने की कोशिश की। टॉर्च की रोशनी से चौंधियाई हुई आँखें टुटु-पुट्टी ने आधी बंद कर लीं।

"अरे तुम लोग तो रिवर रोड में रहता है न बच्चा लोग! इधर रात में क्या कर रहा है?"

वे दोनों हक्के-बक्के खड़े थे। उन्हें कोई जवाब नहीं सूझ रहा था। दोनों का हाथ पकड़कर बहादुर उनके क्वार्टर की तरफ चल पड़ा। टुटु-पुट्टी को लग रहा था कि बहादुर ने उन्हें सलमा के घर पर पत्थर

मारते देख लिया है। पुट्टी की जान हलक में अटकी हुई थी। अब क्या होगा? टुटु तो रोने ही लगा था। पुट्टी जानती है पापा के पूछने पर टुटु तुरंत कह देगा–"मुझे तो पुट्टी ही लेकर गई थी।"

इतनी रात में दरवाजा खटखटाने की आवाज सुनकर पापा चौंके। कौन हो सकता है?

दरवाजे की खिड़की से उन्होंने देखा, सामने बहादुर खड़ा था। दरवाजा खोलने पर बहादुर के साथ उन्हें टुटु-पुट्टी भी नजर आए। वे बुरी तरह चौंक पड़े। मम्मी भी दरवाजे पर आ गई थीं। टुटु रोतलु बच्चे-सा जाकर मम्मी से लिपट गया। बहादुर ने पापा से बताया कि बच्चे सड़क पर दौड़ते दिखे थे।

उसके बाद तो बाकी बची रात बातों ही बातों में कट गई। मम्मी तो बहुत गुस्सा थीं। पर पापा हो-हो-हो-हो करके देर तक हँसते रहे। उन्होंने धीरे से पुट्टी के कान में कहा–

"अगली बार जब किसी मिशन पर निकलो तो पापा को भी अपनी टीम में शामिल कर लेना।"

"पक्का पापा", पुट्टी अपने अच्छे पापा से लिपट गई।

पुट्टी उस दिन समझ गई थी कि भूत-वूत कुछ नहीं होता। हमारे आस-पड़ोस के बुरे लोग ही भूत होते हैं जो दूसरों को सताते हैं।

21

छूट गए जो लोग

दिसंबर की वह कुछ अलग-सी सुबह थी। पुट्टी जब सोकर उठी, टुटु स्कूल जा चुका था। इन दिनों पुट्टी की अर्द्धवार्षिक परीक्षाएँ चल रही हैं। उसकी परीक्षा दस बजे से शुरू होती थी। वह अलसाई हुई-सी सोफे पर पैर सिकोड़े बैठ गई। मम्मी ने उसे ब्रश करने को कहा। ब्रश करके वह गुनगुना पानी पी रही थी, तभी बासंती ने आकर बताया...।

"काकी माँ की तबीयत बहुत खराब है। उन्हें हॉस्पिटल में भरती किया है।"

"क्या हुआ है उन्हें?" मम्मी ने चिंतित होकर पूछा।

"ठंड लग गई है।"

"मम्मी, काकी माँ ठीक हो जाएँगी न?" पुट्टी के प्रश्न पर मम्मी ने प्यार से उसका माथा सहला कर कहा...

"हाँ बेटा, बिलकुल ठीक हो जाएँगी।"

लेकिन शाम होते-होते जतिन दास के घर से रोने-धोने की आवाजें आने लगीं। अजीब मटमैली उदास शाम थी। पुट्टी को काकी माँ का झुर्रियों भरा चेहरा याद आ रहा था। हर दिन स्कूल जाते हुए जब अपने आँचल की गाँठ से पिघली-चिपचिपी मिसरी और मूँगफली के दाने वे पुट्टी

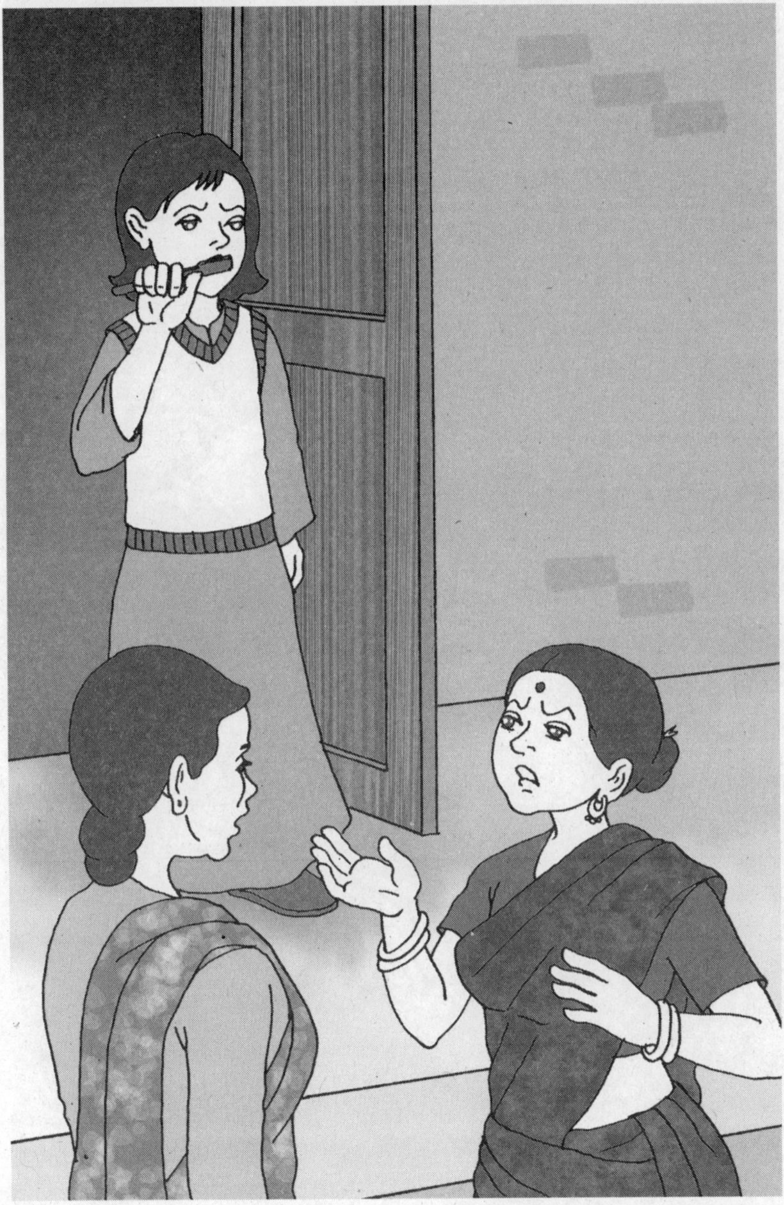

को देती थीं। तभी उसकी नजर घर के सामने इकट्ठा हुए ढेर सारे कबूतरों पर पड़ी। न वे पंख फड़फड़ाते उछल रहे थे, न गुटर-गूँ की आवाजें कर रहे थे। सड़क पर बहुत सारा चावल बिखरा था, लेकिन आज उनकी दिलचस्पी दानों में बिलकुल नहीं थी। चुप-चुप रोते हुए मानो वे काकी माँ को विदा कहने आए थे। सहसा पुट्टी समझ गई। काकी माँ भी वहाँ चली गई हैं, जहाँ सौरभ चला गया। एक अबूझ-सी उदासी उसके चेहरे को घेरने लगी थी। मम्मी समझाने के लिए पुट्टी के कमरे में आईं तो उन्होंने उसे खिड़की पर अकेली बैठी किसी सोच में गुम पाया। उसके चेहरे को देखकर वे सब कुछ समझ गई थीं। वे उसके पास चली आईं। पुट्टी उनसे लिपट गई। उसकी आँखें नम थीं।

22

बुजुर्गों की मदद

बसंत आ गया है। हर तरफ रंग-बिरंगे फूल दिखने लगे हैं। ठंडी हवाएँ अब हलकी पड़ने लगी थीं। ज्यादातर बच्चे हाफ स्वेटर में थे। स्कूल में अन्य दिनों की अपेक्षा विशेष हलचल थी। असेंबली में कुछ नए लोग भी दिख रहे थे। बच्चे धीमे स्वरों में एक दूसरे से यह जानने की कोशिश कर रहे थे कि वे कौन लोग हैं? प्रार्थना के बाद हेड सर ने गला साफ करते हुए कहा।

"बच्चों ये लोग वृद्धों के लिए काम करने वाली संस्था से आए हैं!"

बच्चे शांति से उनकी बात सुन रहे थे।

"जिन वृद्धों को उनके घरवाले प्यार नहीं करते या जो अकेले और असहाय हैं। यह संस्था उनकी मदद करती है।"

अनायास ही पुट्टी को कॉफी मग में गिरा काकी माँ का वह आँसू याद आया था।

"कैसे सहायता करते हैं सर?" किसी बड़ी कक्षा के लड़के ने पूछा। पुट्टी पंजों के बल उचककर उस लड़के को देखने की कोशिश कर रही थी। पर असफल रही। इस बार हेड सर की बजाय, उनमें से एक महिला ने उत्तर दिया।

डोनर बॉक्स

"हम उनके लिए घर, कपड़े, खाना, दवाइयाँ जैसी जरूरी चीजें उपलब्ध कराने की कोशिश करते हैं।"

फिर उन्होंने बच्चों को बताया कि अगर वे चाहें तो संस्था के लिए चंदे इकट्ठा कर उनकी मदद कर सकते हैं। अंशकालिक इच्छुक वॉलेंटियर्स को संस्था की लोगो वाला 'डोनर बॉक्स' और दानकर्ताओं के हस्ताक्षर लेने के लिए डायरी दी गई।

आज पुट्टी पापा का बेसब्री से इंतजार कर रही है। उसे पापा को दोनों चीजें 'डोनर बॉक्स' और 'डायरी' दिखानी है। शाम चार बजे पापा की छुट्टी होती है। चार बजे की सीटी सुनते ही टुटु-पुट्टी भागते हुए गेट पर पहुँच गए। उनमें होड़ लगी रहती कि पापा को आते हुए कौन पहले देखेगा। उनका क्वार्टर सड़क की ढलान पर है। इसलिए ऊँचाई से आते स्कूटर, साइकिलें, कार, रिक्शा, साफ दीखते हैं। कुछ देर बाद ही उन्हें दूर से आता पापा का पीला स्कूटर दिखा। पापा के आते ही पुट्टी ने वह डोनर बॉक्स उनकी ओर बढ़ाते हुए कहा...।

"क्या आप बुजुर्गों की मदद करना चाहेंगे?"

"और... यह क्या है?" पापा शायद पूरी बात समझ नहीं पाए थे।

"हम बुजुर्गों के लिए सहायता इकट्ठी कर रहे हैं।" पुट्टी ने जिम्मेदाराना भाव से कहा।

पापा और मम्मी से चंदा लेने के बाद वह सोचने लगी कि अब किससे चंदा लिया जा सकता है?

बच्चों में लोगों की प्रतिक्रियाओं को समझने की अद्भुत क्षमता होती है। उदासीनता या उत्साह के प्रति वे अत्यंत संवदनशील होते हैं। अकसर लोग नन्ही लड़की के उत्साह पर हर्षमिश्रित आश्चर्य व्यक्त करते। उनके आश्चर्य पर पुट्टी का चेहरा आत्मविश्वास और खुशी से चमकने लगता। पुट्टी 'डोनर बॉक्स' खनखनाती अगले घर की ओर बढ़ जाती। कुछ लोग

बहाने बनाते या संस्था के विषय में नकारात्मक टिप्पणियाँ करते... तो पुट्टी उनके बरामदे में बँधे डॉगी को बाय करके चुपचाप बाहर निकल आती। उसकी अपनी एक अलग दुनिया है। वह अपनी दुनिया में खुश थी। जहाँ उस पर विश्वास किया गया है। एक जिम्मेदारी सौंपी गई है। बुजुर्गों के लिए मदद इकट्ठी करते हुए पुट्टी को यह महसूस हुआ कि वह बस उछलने-कूदने, हँसने-शरारतें करने वाली नन्ही लड़की नहीं रही। वह बड़ी हो गई है। शायद थोड़ी जिम्मेदार भी। उसका आधा भरा डोनर बॉक्स लेते हुए संस्था के सदस्य ने एक नजर नन्ही-सी पुट्टी पर डाली, फिर पेपर पर दान राशि व दानकर्ताओं के हस्ताक्षर जाँचने लगा। बेशक राशि अधिक नहीं थी।

"तुम्हें पता है, तुमने क्या किया है?" आदमी का गोल चश्मा उसकी नाक पर खिसक आया था। पुट्टी उसका चश्मा देखती रही।

"यह पाँच सौ दस रुपये हैं। इतने पैसों में एक कंबल आ जाएगा। यानी कि तुमने पैसे इकट्ठा करके एक बुजुर्ग को कंबल दिया है।"

मुस्कराते हुए आदमी के गालों पर गड्ढे पड़ गए थे।

पुट्टी यह सुनकर खुश हुई। वह समझने लगी थी, किसी के लिए कुछ करने से (चाहे वह कितनी छोटी मदद क्यों न हो) हार्दिक खुशी मिलती है।

संस्था की ओर से उसे सर्टिफिकेट और गुलाब का नन्हा-सा पौधा तोहफे में मिला।

पुट्टी ने उस गुलाब को अपने आँगन के बरामदे में लगा दिया है। उसे अब इस पौधे पर खिलने वाले पहले फूल का इंतजार है।

23

अपने घर का माली

वार्षिक परीक्षा के रिजल्ट घोषित कर दिए गए थे। पुट्टी कक्षा दो में चली गई। गर्मियों का मौसम शुरू हो गया था। दिनभर गर्म हवाएँ चलतीं। मौसम का मिजाज सख्त हो चला था। सभी निजी और सरकारी विद्यालयों में दो-तीन दिनों में ग्रीष्मकालीन छुट्टियाँ घोषित होने वाली हैं। पापा ने गर्मियों की छुट्टियाँ पैतृक गाँव में बिताने का फैसला किया है। पूरा परिवार गाँव जाएगा। इसके लिए उन्होंने कारखाने से छुट्टियाँ स्वीकृत करा ली थीं। ट्रेन में रिजर्वेशन भी मिल गया है। सभी बहुत खुश थे। रानी और शीतल के दाने-पानी की जिम्मेदारी पड़ोस में रहने वाले सिद्दीकी अंकल ने ले ली है। टुटु गाँव में घूमने के विचार से ही खुश हुआ जाता है। पुट्टी भी प्रसन्न थी। लेकिन किसी बात को सोचकर उसका मन दुखी हो जाता। किसी से वह कुछ कह भी नहीं पा रही थी। आज कक्षा में कैलाश सर ने भी इस बात को महसूस किया। एक आसान से सवाल का जवाब वह नहीं दे पाई।

"क्या बात है पुट्टी? पढ़ाई में मन नहीं लग रहा?" उन्होंने बड़े प्यार से पूछा।

"नहीं सर! मन लग रहा है।" पकड़े जाने पर पुट्टी सकपका गई।

कैलाश सर ने पुट्टी को उस वक्त तो कुछ नहीं कहा, किंतु लंच में उसे स्टाफ रूम में बुलाया।

"लंच तुम मेरे साथ स्टाफ रूम में कर लेना! ठीक है न बेटा।"

"जी सर!" पुट्टी ने सिर हिला दिया।

लंच में पुट्टी ने पूजा से कहा कि आज वह उसके साथ लंच नहीं कर रही। वह अपना टिफिन बॉक्स लेकर स्टाफ रूम में चली आई।

"मे आई कम इन सर!"

"यस...प्लीज।"

सर अपना कुछ काम निपटा रहे थे। उन्होंने उसे बैठने को कहा। थोड़ी देर बाद सर अपने टिफिन बॉक्स के साथ उससे मुखातिब थे।

"हाँ जी! बताइए क्या परेशानी है?"

पुट्टी कुछ नहीं बोली। वह चुप बैठी कुछ सोचती रही।

"बोलो बेटा! अगर तुम अपनी परेशानी नहीं बताओगी तो उसे दूर कैसे किया जाएगा? मन में कोई बात हो तो अपने बड़ों को जरूर बताना चाहिए।"

सर के समझाने पर पुट्टी ने उनकी तरफ देखा। सर उसकी तरफ ही देख रहे थे। वे पुट्टी के बोलने का इंतजार करते रहे। कुछ पल के इंतजार के बाद पुट्टी ने अपनी परेशानी सर को बता दी। सर कुछ देर तक उसकी परेशानी सुनते रहे। फिर उन्होंने एक कागज पर कुछ लिखकर दिया और कहा कि इसे अपने पापा को दे देना। वो आज शाम को उसके घर आ रहे हैं।

पुट्टी को विश्वास नहीं हुआ कि सर के पास सचमुच उसकी समस्या का समाधान है।

स्कूल में एक महीने का ग्रीष्मावकाश घोषित कर दिया गया। पुट्टी दिन में सर की दी हुई लिस्ट से सामग्रियों के इंतजाम में लगी रही। पापा समझ नहीं पा रहे थे कि पुट्टी क्या करने वाली है?

पुट्टी शाम को सर का इंतजार कर रही थी। उसने पापा को भी बाजार जाने से रोक लिया था।

तकरीबन छह बजे शाम को सर पुट्टी के घर आए। पापा उन्हें बैठक खाने में ले गए। पुट्टी उनको घर आया देख शरमा रही थी। वह दरवाजे के पीछे से ही उनको देखती रही। सर पापा के साथ बातें करने लगे।

"आप लोग कल कितने बजे गाँव के लिए निकल रहे हैं?" सर ने पुट्टी के पापा से पूछा।

"कल रात को ट्रेन है हमारी।"

"हाँ, पुट्टी बता रही थी।" सर ने हामी भरी।

"वो सब तो सही है। लेकिन ये माजरा क्या है? पुट्टी किसी को बताती ही नहीं।" पापा के चेहरे पर उलझन थी।

पापा की बात सुनकर कैलाश सर हँसने लगे।

"अरे कुछ नहीं साहब! पिछले महीने पुट्टी को संस्था द्वारा गुलाब का पौधा पुरस्कार में मिला था।"

"हाँ...आप सही कह रहे हैं," पुट्टी के पापा ने सहमति जताई।

"आप तो परिवार के साथ छुट्टियों पर जा रहे हैं। अपनी गायों तक की जिम्मेदारी आपने किसी-न-किसी को सौंप दी है। लेकिन पुट्टी के गुलाब का क्या होगा....?"

"यह तो मैंने सोचा ही नहीं... गर्मी तो यहाँ खूब होती है। पौधा तो कुछ हफ्तों में ही सूख जाएगा..." पापा एक साँस में पूरी बात कह गए।

"बस यही समस्या उसे परेशान कर रही है।" सर ने कहा।

"तो अब आप क्या करने वाले हैं... उसने आपके कहे अनुसार सारा सामान जुटा लिया है..."

"पर पुट्टी है कहाँ..." सर ने पुट्टी को याद किया।

"अभी तो यहीं थी।" पापा ने इधर-उधर देखते हुए कहा। "आप पहली बार घर आए हैं इसलिए शायद शरमा रही है।" फिर उन्होंने पुट्टी को आवाज लगाई। थोड़ा झिझकते हुए सामने आकर पुट्टी ने सर को नमस्ते किया।

"सर को अपने गुलाब के पास ले चलो। मैं भी आता हूँ।" पापा ने पुट्टी से कहा। तब तक टुटु भी बाहर से खेलकर आ चुका था।

सर ने आँगन वाले बरामदे के एक कोने में बड़ा-सा मेज लगा दिया। उस पर कपड़े धोने वाला बड़ा टब रखवाया। गमले का गुलाब उन्होंने उस टेबल के सामने नीचे रखा। फिर टब को पानी से लबालब भर दिया। उन्होंने पुट्टी से सुतली का एक बंडल मँगवाया। पुट्टी सुतली और कैंची लेकर हाजिर थी। सर ने सुतली को तकरीबन एक मीटर लंबा काटा। उसके एक सिरे को गमले की मिट्टी में और दूसरे सिरे को टब में डाल दिया।

"लो तुम्हारी समस्या हल हो गई पुट्टी।" कहते हुए सर मुस्कराए।

"कैसे सर!" पुट्टी ने जिज्ञासा प्रकट की।

"देखो टब मेज पर है और गमला नीचे। टब में पूरा पानी भरा हुआ है। पानी धीरे-धीरे रिसकर सुतली के साथ गमले में लगे पौधे और मिट्टी तक जाएगा। ठीक वैसे ही जैसे छत पर रखी टंकी का पानी नीचे बाथरूम के नल तक आता है..." पुट्टी हैरान थी। उसे बहुत समझ में नहीं आया। लेकिन पुट्टी के पापा इस बात को समझ गए। उन्होंने वही बात दुहराई जो सर बता रहे थे।

"जब तुम बड़ी कक्षाओं में चली जाओगी न, तब मैं तुम्हें इसके बारे में अच्छे से समझाऊँगा। फिलहाल तुम छुट्टियाँ अच्छे से मनाओ। यह तुम्हारे घर का माली है। यह महीने भर गुलाब को पानी देता रहेगा।" इतना कहकर सर मुस्करा दिए।

पुट्टी की समस्या हल हुई थी या नहीं, यह तो कहना मुश्किल है। पर उसे सर की बातें सही लग रही थीं। उसे सर पर पूरा विश्वास है। अगली शाम जब वे लोग ट्रेन पकड़ने के लिए निकलने वाले थे। तब पुट्टी गुलाब के पौधे के पास गई। उसने हल्के हाथों से सुतली को छुआ। वह गीली थी। उसने पौधे के जड़ की मिट्टी को उँगली से दबाकर देखा। मिट्टी गीली थी। वह मन ही मन प्रसन्न हुई। उसने गुलाब के पौधे को खुशी से चूम लिया।

"अलविदा दोस्त। महीने भर बाद मिलते हैं।"

24

डेस्क पर लिखे नाम

सुबह के धुँधलके में घरघराता हुआ ऑटो जब क्वार्टर के सामने रुका तो एकाएक शांति छा गई। टुटु-पुट्टी मम्मी के साथ उतर गए। पापा सामान उतार रहे थे। आस-पड़ोस अधजगा-सा था। स्ट्रीट लाइट्स अभी रोशन थी। कुछ वृद्ध नदी की ओर टहलने जा रहे थे। बागों में कोयल कूक रही थी... कू---कू---कू।

जैसे ही उन लोगों ने गेट खोलकर क्वार्टर में प्रवेश किया तो उनकी आहट पाकर बागान में बँधी रानी और शीतल रँभाने लगीं। छुट्टियों के दौरान सिद्दीकी अंकल ने रानी और शीतल का पूरा ख़याल रखा था। गर्मी की रातों में वे उन्हें बागान की खुली हवा में बाँध दिया करते। टुटु-पुट्टी दौड़कर रानी के पास पहुँचे। पुट्टी रानी के गले में अपनी बाँहें डाले झूल गई। रानी उसके बाल और हाथ चाटती रही। पुट्टी को उसकी खुरदरी गीली जीभ से गुदगुदी हो रही थी। वह हँस पड़ी। शीतल भी इठलाती हुई खुश दिख रही थी। मानो कह रही हो–

“कहाँ चले गए थे टुटु-पुट्टी? मैं तो बस यूँ ही झूठ-मूठ का गुस्सा करती हूँ!”

पूरा बागान और बरामदा आम व बेर की सूखी पत्तियों और धूल से भरा था। बागान में कई आम टूटकर गिरे पड़े थे। मम्मी ताला खोलकर जैसे ही अंदर आईं एक अजीब-सी गंध ने उनका स्वागत किया। कई दिनों तक घर बंद रहने के कारण यह गंध भर गई थी। पुट्टी सीधे आँगन के बरामदे में गुलाब के पौधों को देखने भागी। उसके आश्चर्य का ठिकाना न रहा। गुलाब का पौधा बिलकुल हरा-भरा था। टब का पानी लगभग खत्म होने वाला था। पौधे पर एक प्यारी-सी नन्ही कली भी खिल आई थी। उसका हल्का पीला रंग शाम के पीले बादलों जैसा चमक रहा था। वह मुस्कराती हुई मानो कह रही थी... "शुक्रिया पुट्टी।"

पुट्टी अभी गुलाब के पौधे से मुलाकात कर रही थी कि पापा सारा सामान लेकर घर के अंदर आ गए। उसके बाद मम्मी-पापा ने मिलकर पूरे घर की साफ-सफाई की। टुटु-पुट्टी भी उनकी मदद करते रहे। बीच-बीच में वे टंकी से पानी उछाल-उछाल कर खेलते भी रहे। वे बहुत खुश थे। कितने दिन बाद अपने शहर, अपने स्कूल, अपने दोस्तों के पास जो आए हैं।

"मम्मी मेरी ड्रेस साफ कर दी आपने? कल से स्कूल भी तो जाना है न!" पुट्टी मम्मी को याद दिलाना नहीं भूली।

"हाँ भई! तुम्हारी ड्रेस साफ करके रखी हुई है!" मम्मी हँसकर बोलीं।

मम्मी खाना बनाने की तैयारी कर रही थीं। पापा थैला लेकर बाजार गए थे। सब्जियाँ भी तो लानी हैं।

इस बीच टुटु और पुट्टी नहा-धोकर तैयार हो गए। पापा ने स्टेशन पर उनके लिए बहुत सारी बाल-पत्रिकाएँ खरीद दी थीं। वे खिड़की के पास बैठे कहानियाँ पढ़ने में व्यस्त थे। टुटु अभी लंबे-लंबे वाक्य नहीं पढ़ पाता। इसलिए पापा ने उसके लिए रंगीन चित्रों वाली किताब खरीदी थी। वह ध्यान से चित्र देखता, कहानियाँ समझने व कल्पनाएँ करने में खोया

था। पुट्टी कोई विज्ञान कथा पढ़ रही थी। उसके बाद खाना खाकर वे पूरी दोपहर सोते रहे। नींद में कभी-कभी पुट्टी को ऐसा आभास होता जैसे घर ट्रेन बन गया हो। बेड हिल रहा हो और ट्रेन छुक-छुक-छुक-छुक बढ़ी जा रही है। चौंककर वह उठी तो दोपहर ढलने वाली थी। आँखें मलती वह ड्राइंग रूम में आई तो मम्मी-पापा चाय पीते हुए बातें कर रहे थे। उसे देखकर वे चुप हो गए। पुट्टी पापा की गोद में सिर रखकर ठंडी फर्श पर लेट गई। पापा उसका माथा सहला रहे थे।

पुट्टी बड़े स्कूल में पढ़ने जाओगी?

पुट्टी ने आँखें खोलकर पापा को देखा। फिर आँखें बंदकर उनींदी आवाज में बोली...

"नहीं पापा! मुझे बड़े स्कूल में नहीं जाना।"

"क्यों बेटा? वहाँ झूले लगे हैं, इस स्कूल से बड़ा मैदान है। अपनी कैंटीन है।"

"पर मेरा छोटा स्कूल बहुत अच्छा है। मुझे यहीं पढ़ना है!" पुट्टी ने ठुनकते हुए फैसला सुना दिया।

पापा चिंतित से मम्मी को देखने लगे। मम्मी ने उसे मनाने की कोशिश करते हुए कहा...।

"पता है पुट्टी, बच्चे, बस से स्कूल जाते हैं। वहाँ तरह-तरह के गेम्स होते हैं... वीडियो गेम्स भी हैं। इमली का एक बड़ा पेड़ है वहाँ।"

पुट्टी परेशान-सी मम्मी-पापा को देखने लगी। वह उलझ गई थी। "आखिर मम्मी-पापा उसे दूसरे स्कूल में क्यों भेजना चाहते हैं? कितना प्यारा तो है उसका स्कूल?"

दोपहर ढल चुकी थी। चहचहाते हुए पक्षी अपने-अपने नीड़ में वापस लौट रहे थे। सहसा पापा ने पुट्टी का हाथ पकड़कर कहा—"घूमने चलोगी बेटा?"

घूमने का नाम सुनकर पुट्टी मुस्करा उठी। आसमान साफ था। शाम की लालिमा छाने लगी थी। वे दोनों एक दूसरे का हाथ थामे सीधी सड़क पर नदी की ओर निकल पड़े। सड़क के दोनों ओर अमलतास के पेड़ थे। उनके घने दरख्तों पर खिले पीले फूलों के गुच्छे हवा में धीमे-धीमे झूम रहे थे।

"पता है। दुनिया में हर रोज कुछ-न-कुछ बदलता है!"

"मतलब...?"

"मतलब... जैसे यह खाली जमीन देख रही हो न!"

पापा ने जमीन के खाली पड़े विशाल टुकड़े को दिखाते हुए कहा—

"बहुत साल पहले यहाँ जंगल हुआ करते थे। जंगलों में पहाड़िया लोग निवास करते थे। फिर पहाड़िया लोगों के बाद यहाँ संथालों ने खेती-बाड़ी शुरू की। उसके बाद सरकार ने यहाँ जंगल और आदिवासियों के घर हटाकर एक शहर बसा दिया। भरा-पूरा शहर। फिर धीरे-धीरे यहाँ कारखाना बना, क्वार्टर बने... फिर हॉस्पिटल और स्कूल बने।"

पुट्टी पापा की बात ध्यान से सुन रही थी।

"उसके बाद लोग यहाँ रहने लगे। वही लोग कभी-कभी...जरूरत पड़ने पर 'बनी हुई या बसी हुई' जगहों को तोड़ देते हैं। या उन्हें दूसरी जगह ले जाना पड़ता है। कहते हैं इससे चीजें बेहतर होंगी। उनका विकास होगा।"

कहते हुए अचानक पापा चुप हो गए थे। उन्हें समझ नहीं आ रहा था कि वे अपनी बात पुट्टी को कैसे समझाएँ। फिर उन्होंने पुट्टी से एक कल्पना करने को कहा...।

"अच्छा! यह बताओ हमारे कारखाने में कैसे इंजन बनते हैं?"

"बहुत सुंदर और मजबूत पापा।" पुट्टी की आँखों के सामने विश्वकर्मा पूजा के दिन कारखाने में तैयार हो रहा बिजली का नया इंजन घूम गया।

"अब यह मान लो कि तुम्हारे स्कूल की जगह लंबी रेल लाइन बिछ जाए। वहाँ वही बिजली का इंजन उन पटरियों पर दौड़े... तो कैसा रहेगा?"

"फिर स्कूल कहाँ जाएगा पापा?" पुट्टी को पापा की बातों से आज बहुत हैरानी हो रही थी।

"हम तुम्हारे स्कूल को कहीं और रख देंगे...! कैसा रहेगा?"

पुट्टी ने पापा का हाथ छोड़ दिया और अजीब-सी नजरों से उन्हें देखने लगी। वह शायद कुछ-कुछ समझ गई थी। उसे वह कुआँ याद आया...। जहाँ उसने अपना नन्हा दूध का दाँत गाड़ा था। वह खिड़की जिस पर बैठकर वह अपने स्कूल से बाहर देखती थी। कैलाश सर का सुंदर-सा ऑफिस जहाँ रंग-बिरंगे फूलदान सजे थे। पूजा, संदीप, अनुपम, कुणाल, मनोरमा, अनवर... सब दोस्त अब कहाँ होंगे?

वह डेस्क जिस पर सौरभ ने उसका और अपना नाम उकेरा था। अमूमन क्लास में तो सभी ने डेस्क पर अपने-अपने दोस्तों के नाम लिखे थे। उन डेस्क पर अब कौन बैठेगा? क्या वे डेस्क भी तोड़ दी गई होंगी?

वह उदास-सी चलती रही... अनमनी। सहसा उसने रुँधे गले से कहा।

"बिजली के इंजन के लिए स्कूल तोड़ना कितनी बुरी बात है न पापा!"

"सचमुच, बहुत बुरी बात है!" पुट्टी के सामने घुटनों पर बैठकर पापा ने कहा।

मैजिक इंटरनेशनल प्रा. लि., ग्रेटर नोएडा द्वारा मुद्रित